dtv

»Sie sind ein verdammter Lügner!« Gerade hatte Louis de Montesanto in der Royal Geographical Society in London zu sprechen begonnen, um über die Aborigines in Australien zu berichten, da wurde er schon angegriffen. Louis war 1898 durch seine Lebensgeschichte berühmt geworden: In einem weltweiten Bestseller hatte er berichtet, wie er als einziger Weißer bei einem Stamm von »Wilden« gelebt, ihre Sprache erlernt, Warane gejagt und sich in die schweigsame Yamba verliebt hatte. Der Weltreisende war aber nicht als Louis de Montesanto geboren worden. Er stammte aus einem Schweizer Bergdorf und floh 13-jährig in die Welt. Mit einer Schauspielerin kam er nach Paris, in London wurde er Butler, in Perth diente er einem Gouverneur. Und bei den Aborigines fühlte er sich manchmal wie Robinson Crusoe. Michael Hugentobler erzählt die Geschichte eines Abenteurers und Hochstaplers. Detailreich beschreibt er den Weg eines großen Exzentrikers, der immer um seine Freiheit kämpfte. Diese furiose Lebensgeschichte erschien seinen Zeitgenossen unglaublich – und wir staunen ebenso.

Michael Hugentobler wurde 1975 in Zürich geboren. Nach dem Abschluss der Schule in Amerika und in der Schweiz ging er auf Reisen durch Asien und Südamerika, nach Afrika und Ozeanien. Er war – mit Unterbrechungen – 13 Jahre lang unterwegs. Heute arbeitet er als freischaffender Journalist für verschiedene Zeitungen und Magazine, wie z. B. ›Neue Zürcher Zeitung‹, ›Die Zeit‹, ›Tages-Anzeiger‹ und ›Das Magazin‹. Er lebt mit seiner Familie in Aarau in der Schweiz.

Michael Hugentobler

Louis oder Der Ritt auf der Schildkröte

Roman

dtv

Die Arbeit an diesem Roman
wurde freundlicherweise von der
Literaturplattform double unterstützt.

MIX
Papier aus verantwortungsvollen Quellen
FSC® C019821
FSC
www.fsc.org

Umschlaggestaltung: zero-media.net unter
Verwendung zweier Fotos von akg-images
Satz: C.H.Beck.Media.Solutions, Nördlingen
(Satz nach einer Vorlage von Bernd Schumacher, Friedberg)
Druck und Bindung: Druckerei C.H.Beck, Nördlingen
Gedruckt auf säurefreiem, chlorfrei gebleichtem Papier
Printed in Germany · ISBN 978-3-423-14726-2

Zimmer ändern sich nicht,
Ziergegenstände bleiben, wo man sie hinstellt:
Nur das Herz verfällt.
Graham Greene

Wahrheit zeigt sich,
sobald alle Worte ausgelöscht sind.
Worte wurden nur gemacht, um damit zu lügen.
William S. Burroughs

Die historische Person, auf der diese Geschichte basiert, nannte sich Louis de Rougement. Sein Buch »The Adventures of Louis de Rougement As Told by Himself« erschien 1899 im Verlag George Newnes in London. Auszüge seiner Geschichte wurden in den Jahren 1898 und 1899 auch in »The Wide World Magazine« veröffentlicht.

Für Migma
Für Tenzin Dhangsang
Für Tenzin Pema

1

Er tat, als hätte er nichts gehört. Er strich die Krawatte zurecht. Vor ihm lag eine hügelige Ebene aus Hüten, und unter diesen Hüten starrten ihn Gesichter an, Gesichter mit Schnauzbärten und seltsam schmalen Lippen.

Im Saal war es still geworden. Niemand räusperte sich, niemand hustete.

Es war der 4. November 1898, dreizehn Minuten nach neun Uhr am Morgen, und seine Zunge klebte am Gaumen. Zu allem Unglück wackelte auch noch der Boden unter seinen Füßen.

Er stand auf zwei Holzkisten, denn ohne die Kisten wäre er nicht groß genug gewesen, um über den Rand des Rednerpults zu sehen. Dass die Kisten schlecht aufeinanderpassten und wackelten, hatte er erst zu Beginn seiner Rede bemerkt, als er nach der Begrüßung des Publikums sein Gewicht leicht verlagert hatte, sich aber sofort am Pult hatte festhalten müssen, aus Furcht, von den Kisten zu stürzen. Er winkelte dann das linke Bein an, sodass sein Gewicht auf der rechten Seite der Kisten ruhte. Die rechte Seite fühlte sich etwas stabiler an. Verharrte er in dieser Position, so fühlte er sich einigermaßen sicher und konnte auch das Rednerpult wieder loslassen.

Nun jedoch, dreizehn Minuten nach diesem äußerst unangenehmen Start, hatte er bereits ganz andere Sorgen. Was sollte er sagen? Es gab nichts mehr zu sagen.

Er tastete mit den Fingerkuppen über den seidenen Stoff seiner Krawatte, er fühlte die Rippel, wo die kleinen Kängurus eingestickt waren. Er glitt über die Krawattenspange, über die Krone ihrer Majestät, über die kleine Weltkugel und die Inschrift der Royal Geographical Society.

Dann kam der Satz noch mal: »Sie sind ein verdammter Lügner.«

Der Mann, der ihn beleidigte, stand im hinteren Teil des Raums, seine Augen sprühten Funken. Er war hochgewachsen und schmal, überragte jeden um eine Kopflänge, er hatte weißblonde Haare, und sein Hemd hing vorne leicht aus der Hose, als hätte er sich in aller Eile angezogen. Über seine Lippen hing ein Schnurrbart, den er jetzt mit der Zunge ableckte. Er reckte eine Faust in die Höhe, und in dieser Faust hielt er eine zusammengerollte Zeitung wie eine Waffe.

Louis de Montesanto überkam der Drang zu husten. Er fühlte noch Kraft in den Armen, er konnte noch den Arm heben und den Finger ausstrecken gegen diesen Mann da hinten, der ihn einen Lügner nannte. Aber kein Laut würde aus seinem Mund dringen. Allenfalls ein Gurgeln. Oder ein Krächzen. Er würde sich lächerlich machen.

Er blickte auf seine Notizen hinunter: Soeben hatte er den Donnervogel erwähnt, und nun hätte er zur Anatomie dieses Tiers übergehen wollen, insbesondere zu dem kurzen Schnabel und den winzigen Flügeln, wie beim Kolibri. Als er den Kopf wieder hob, fiel ihm eine junge Frau auf, keine zwei Schritt von ihm entfernt. Sie trug einen Umhang aus perlgrauem Damast, auf ihrer Brust lag ein Netz aus Gagatperlen und Cabochons, und in ihrem Blick war nichts als Entsetzen.

Draußen vor dem Fenster sah er die Äste eines Baums, und auf den Ästen saßen Menschen. Sie waren hier, um mit eigenen Augen das menschgewordene Abenteuer zu erblicken. Er aber wusste nichts mehr weiter zu tun, als an seiner Krawatte herumzufummeln und sich davor zu fürchten, von seinen Kisten zu stürzen.

Weit entfernt hörte er Stimmen, die aus dem Saal zu ihm hochdrangen.

»Und? Sind Sie ein Lügner?«

»Was ist jetzt mit diesem Donnervogel?«

»Alles klar, alter Junge?«

»Wie war das noch mal bei den Wilden?«

Er fühlte einen warmen Hauch aus seinem Hemdkragen den Hals emporkriechen. Seine Oberlippe prickelte. Die Haare klebten an der Stirn. Schweiß rann ihm den Rücken hinunter.

Und dann rief der lange schmale Mann da hinten: »Sie heißen gar nicht Louis de Montesanto. Sie heißen Hans Roth. Ihr Name ist Hans Roth.«

Das war der Moment, als er sich hinter das Rednerpult duckte. Für eine Sekunde hatte er das Gefühl, er sei unsichtbar geworden. Langsam zog er die Knie an den Bauch und machte sich so klein wie möglich. Er drehte das linke Knie leicht zur Seite, streckte das Bein aus und tastete mit dem Fuß ins Leere. Die Kisten wackelten, aber er spürte bereits den Boden der Bühne. Er stellte den zweiten Fuß auf die Bühne. Er rannte zum Vorhang. Er riss den Vorhang zurück.

Gelächter überall.

2

Der Mann, der einst die Sehnsüchte jener Menschen erschüttern sollte, die sich zivilisiert nannten, wurde in einer himmeltraurigen Nacht geboren. Als wäre diese Nacht ein Vorbote all dessen, was ihm später in der Welt abweisend und schwer durchschaubar vorkäme.

Die Wolken zogen schon auf, als der Kutscher an die Haustür der Hebamme donnerte. Sie kletterte auf einen Bock, der so eng war, dass sie die Hüften des Mannes spürte. Zwischen seinen Schenkeln klemmte eine Weinflasche. Sein Haar lag in Flechten auf einem Mantel aus Ziegenfell. Blitze zuckten auf, als sie einen schmalen Pfad emporfuhren, der in eine Felswand gehauen war.

Der Kutscher sprach nur mit seinem Pferd.

Regen tropfte aus seinem Bart.

Am Ende des Pfades klebte oberhalb einer Klippe ein Dorf, das man nur durch den Friedhof betreten und verlassen konnte. Um einen Brunnen herum drängten sich zehn Häuser. Der Kutscher führte sein Pferd am Brunnen vorbei zu einem Heuschober und rief: »Ho!«

Wind pfiff durch die Wände des Heuschobers. Als die Hebamme die Schwangere sah, sagte sie, dies sei ein Irrtum. Bei diesem Bauch handle es sich um den sechsten

Monat, allenfalls den siebten, aber bestimmt nicht um den neunten.

»Den brauche ich nicht abzutasten«, sagte sie.

Sie verlangte, zurück ins Tal gefahren zu werden, aber als sie vor dem Heuschober stand, war der Kutscher, der Vater des Kindes, verschwunden. Der Wind zerrte an ihrem Mantel. Zweige zischten durch die Luft. Sie wollte nicht allein die Felswand entlang hinunter ins Tal gehen.

Die schwangere Frau stöhnte in einen Haufen Stroh. Neben ihr auf dem Boden stand ein Kochtopf, in dem drei schrumpelige Kartoffeln mit langen Dunkelkeimen lagen. Aus einer finsteren Ecke drang das Quietschen eines Ferkels. Es roch nach Pferdemist. Neben einem Herd war eine Schubkarre zu sehen, aus der eine Bügelsäge ragte, und darüber hingen ein Sattel und eine Peitsche und ein sprödes Kummet, an dem Blut trocknete. Der Boden war aus festgetretenem Lehm, und die Decke war schwarz vor Schimmel. Da war kein Stuhl, auf den man sich hätte setzen können. Die Hebamme hockte am Boden und trank einen Aufguss aus Apfelminze und Malvenblüten, dann legte sie sich neben die Schwangere ins Stroh.

Die Wehen begannen um drei Uhr morgens.

Das Erste, was die Hebamme am Kind bemerkte, war sein großer Kopf. Dann aber fiel ihr auf, dass der Kopf gar nicht besonders groß war, sondern der Rest des Körpers sehr klein. Das Kind war keine Frühgeburt, aber die Finger und die Zehen waren kürzer als alles, was sie bisher gesehen hatte, die Hände und Füße noch winziger und die Schultern so schmal, dass sie gleich einen Kuss darauf hauchte. Sie konnte nicht aufhören, die nasse Stirn zu streicheln und die schrumpeligen Füße zu kitzeln, als bestünde eine geheimnisvolle Bande zwischen den beiden.

Von Anfang an mochte die Mutter das Kind nicht.

Es würde nie ein Kutscher werden, denn es konnte kein Pferd aufhalten. Es würde nie eine Bauerntochter finden, denn es konnte keinen Pflug anschieben. Es konnte keine Bäume fällen und keine Kälber in die Welt zerren. Die Mutter sah keine Zukunft für diesen kleinen Hans, und da sie eine pessimistische Frau war, für die noch der sonnigste Tag bestimmt mit Schnee enden würde, ließ sie ihr Kind ständig wissen, wie überflüssig es in dieser Welt sei.

Als Hans vier Jahre alt war, stürzte der Vater mitsamt dem Pferd und dem Wagen die Felswand hinunter. Bauern fanden ihn am Grund der Schlucht, er hielt noch immer den Hals einer Weinflasche umklammert. Er wurde mitsamt dem Flaschenhals aufgebahrt, zehn Zentimeter Glas standen in der Leistengegend obszön in die Höhe, und obwohl das Glas klar als Flaschenhals erkennbar war, behaupteten am nächsten Tag die Leute, der tote Kutscher habe in der Kirche sein steifes Ding in der Hand gehalten.

Die anderen Kinder warfen Dreck und faule Zwiebeln nach Hans.

Einmal sperrten sie ihn in ein Butterfass, und er hörte sie draußen lachen. Sie trieben Nägel in den Deckel. Er hatte Angst, sie würden ihn über die Kante der Felswand rollen. Er zappelte und hustete und schrie.

Der einzige Mensch, den er mochte, war sein Bruder Heiri. Aber Heiri war kaum je im Dorf. Er war zehn Jahre älter und arbeitete unten im Tal. Für Hans war Heiri ein Mann von Welt, der dort war, wo alles schön und gut ist.

In seiner Vorstellung trug der Bruder immer ein Hemd mit angeknöpftem Kragen und dazu eine Halsbinde.

Die Mutter heiratete einen reichen alten Bauern mit triefender Nase und einem Kopf wie eine Fleischtomate. Hans durfte nicht ins Haus des Bauern ziehen, er wohnte weiterhin im Heuschober. Anfangs stellte ihm die Mutter noch Gerstensuppe vor die Tür, aber die Töpfe wurden immer kleiner, und bald war da kein Topf mehr. In einer warmen Nacht im Frühling, als der Schnee auf den Dächern schmolz und Rinnsale auf die Straße klatschten, stand Hans von seinem Strohballen auf, schlüpfte in die Holzpantinen und trat aus der Tür. Er war dreizehn Jahre alt. Er ging am Dorfbrunnen vorbei zur Kirche und dann durch den Friedhof. Der Mond war voll und hell, und Hans stand an der Friedhofsmauer und schaute die Felswand hinunter ins Schwarz des Tals.

Er begann zu laufen. Er lief unter einem Kastanienbaum durch zum Bergpfad und dann den Pfad hinunter. Er spürte, wie die Steine unter seinen Füßen rollten, er spürte, wie die Luft in seine Lungen schoss. Er begann zu singen.

Idr Schwiiz, idr Schwiiz do simer dehei
ufde Bärge hei ju hei.
Do simer emol uf Basel abe cho
und hei e luschtigi Musig mitis gno.
Hei ju hei, hei ju hei do simer dehei
ufde Bärge hei ju hei.
Zum z'Vieri heimer Guguhöpfli gha
mit hundert tuusig Hosechnöpfli dra.
Hei ju hei, hei ju hei do simer dehei
ufde Bärge hei ju hei.

Er lief immer weiter hinunter ins Tal. Dann blieb er stehen und bemerkte, dass er von zu Hause weggelaufen war. Er sang jetzt ganz leise.

Es Loch im Strumpf und schüli müedi Bei
Hei ju hei, hei ju hei do simer dehei
ufde Bärge hei ju hei.
Kei Rappe im Sack und schüli müedi Bei
Hei ju hei, hei ju hei do simer dehei
ufde Bärge hei ju hei.

Sechsunddreißig Jahre später würde ein englischer Journalist diesen Pfad emporkeuchen und im Dorf nach dem Jungen fragen, und die Leute würden sagen, dieser Junge, der sei längst tot. Der Journalist würde das Foto eines zerknitterten Mannes hervorkramen, ja, würden die Leute dann sagen, das könnte er sein, die schmalen Schultern, der große Kopf, aber dass er in Australien gewesen sein soll, davon habe man nichts gehört, es erscheine doch reichlich seltsam. Ohnehin wolle man mit der ganzen Sache, was es auch immer sei, nichts zu tun haben.

Es war finster und traurig in der Felswand, und doch hatte Hans nie zuvor in seinem Leben größere Freude empfunden. Er hatte gehört, die Welt sei riesig, und da er sehr klein war, würde er bestimmt einen Platz darin finden. Er war sich sicher: Etwas Großes warte auf ihn.

3

Sie nannte sich Old Lady Long und hatte Haare wie Stahlwolle. Sie trug ein Rüschenhemd, dessen oberster Knopf mit einer Porzellanbrosche gesichert war.

Über ihr zerrissen Wolkenschlieren an den Bergwänden, und sie machte ein Gesicht, als müsste sie zu Fuß da hoch. Sie mochte diese Berge nicht, aber sie war einen weiten Weg gekommen. Drei Tage vorher war sie in Perth ins Flugzeug gestiegen, einen Tag lang hatte sie in Singapur im Transit wässrigen Kaffee getrunken, und heute Morgen bei der Ankunft in Zürich hatte sie bemerkt, dass sie hinkte. Es war der 30. Juni 1961, um vier Minuten vor zwei Uhr am Nachmittag, sie rieb sich den Oberschenkel und beobachtete einen kleinen Punkt in den Wolken, der zu ihr herabschwebte.

Die Gondel war mit blauen und rosaroten Hortensien bemalt. Die Schiebetür rumpelte zur Seite. Der Gondelführer trug eine Schirmmütze und hatte eine Gesichtsfarbe, die an rohen Lachs erinnerte. Er saß auf einem hohen Hocker und drehte die Lautstärke an einem Radio herunter. Seine Arme waren braun gebrannt, und in alle Richtungen standen gelbe Haare ab, die im Sonnenlicht weiß schimmerten.

Old Lady Long trat ein und wandte dem Mann den Rücken zu.

Die Gondel schlenkerte, dann schrumpften die Häuser und mit ihnen die quadratischen Beete voller Primeln. Aus den Wäldern stieg Dampf empor. Hinter einem weißen Schleier erschien eine Wand aus Fels, und da oben am Ende der Wand lag das Dorf Schöndorn.

Old Lady Long würde hier einem Toten gegenübertreten. Die ersten sieben Jahre ihres Lebens hatte sie den Mann gekannt. Dann war er zu einem regelmäßigen Besucher geworden, der manchmal in ihrem Kopf saß. Sogar in ihren Träumen erschien er. Das sollte nun enden.

Sie trat aus der Seilbahnstation, Raben kreisten am Himmel, es duftete nach frisch gemähtem Heu. Unter einem Kastanienbaum saß ein alter Herr auf einer Bank und nippte an einem Glas Rotwein. Er starrte, Old Lady Long drehte sich weg.

Vor dem Friedhof blieb sie stehen und schaute einem Gärtner zu, der Unkraut aus dem Boden zog und in eine Schubkarre warf. Als sich ihre Blicke trafen, ging sie weiter, vorbei an einer Telefonkabine, vorbei am Dorfbrunnen, bis zu einem kleinen Haus auf der Ostseite des Brunnens.

Es war das Geburtshaus des berühmtesten Schöndorners, dessen vierzigster Todestag kurz bevorstand. Eine bronzene Tafel an der Außenmauer fasste sein Leben zusammen, auf Deutsch, Französisch, Italienisch und Englisch: Geboren am 12. Mai 1849, Entdecker des Stamms der Martu in Australien, Bestsellerautor, Empfang durch die Royal Geographical Society Großbritanniens, Tod in London am 9. Juli 1921.

Er hatte ihr von diesem Haus erzählt. Ein Haus auf einem Felsvorsprung, hatte er gesagt. Sie hatte nicht gewusst, was ein Haus ist, und er hatte gesagt, es sei wie das Nest eines Vogels, bloß viel größer, mit einem Dach aus Steinen obendrauf. Sie hatte gefragt, ob die Menschen dort denn Flügel hätten, und er sagte Nein, normalerweise nicht, er aber schon, er habe sich eines Tages vom Felsvorsprung abgestoßen und sei ins Tal gesegelt.

Auch so besuchte er sie in den Träumen: als Keilschwanzadler, der sich in wachsenden Ringen in den Himmel schraubt und dann zurück zur Erde schießt.

Old Lady Long schirmte die Augen ab und schaute durch die Glastür ins Haus. Hinter dem Eingang stand ein großer silberner Bilderrahmen, und daraus guckte sein Gesicht hervor. Der Rahmen war mit Ornamenten verziert, aber einige waren abgebrochen und mit schwarzem Klebestreifen geflickt worden.

Als sie die Tür aufzog, blickte sie zu Boden und reichte der Frau an der Kasse eine Münze. Dann drehte sie sich dem Bild zu. Sie sah einen weißen Bart, der über eine zugeknöpfte Weste reichte. Auch die Haare waren weiß, nach hinten gekämmt, eine Locke lag auf der linken Schulter. Das Nasenbein war zerfurcht, als sei der Mann in zu viele Raufereien geraten. Über die Stirn zogen sich Täler von Falten, und seine Schläfen erinnerten an zerknülltes Papier. Er hatte den Blick einer traurigen Kuh.

Nichts Grausames war an ihm, nur Alter.

Sie streckte die Hand aus, und da fiel ihr auf, wie groß das Bild war. Ihre Finger auf seiner Nase waren wie die Finger eines Kindes. Sie musste einst nach dieser Nase gegriffen haben, aber sie erinnerte sich nicht. Ein Gefühl sagte ihr, seine Haut sei ebenso kalt gewesen wie das Glas, das sie nun spürte.

Im nächsten Moment war ihr, als sitze sie wieder im Busch und beobachte einen Stock, der seltsame Formen in den Sand zeichnete. Ihre Augen glitten den Stock empor zu einer dürren Hand und einen knochigen Arm hinauf zu einem Bart, und aus dem Bart kamen Wörter: »Das ist ein Fisch, in den man hineinsteigen kann und der einen bis ans Ende der Welt trägt«, und sie hörte ihre Kinderstimme bei diesem absurden Gedanken laut auflachen.

Old Lady Long drehte sich abrupt vom Bild weg und rieb sich die Schläfen. Sie zog ein Taschentuch aus dem Ärmel ihrer Strickjacke und schnäuzte sich die Nase. Sie faltete das Tuch zusammen und schloss es in die Fläche ihrer Hände. Sie befürchtete, sie würde es gleich wieder brauchen.

Jenseits einer rußschwarzen Schwelle funkelten Lampen von der Decke. An die linke Wand war ein Brett geschraubt, und darauf stand nur ein einziges Buch, aber in dutzendfacher Ausführung: *The Adventures of Louis de Montesanto – As Told by Himself*. Der Deckel des Buches war blau, darauf war ein weißer Mann abgebildet, der einen Pfeilbogen abschoss. Er trug einen Rock aus Bast und Hosenträger, und seine Haare waren auf eine sonderbare Weise hochgesteckt, es sah aus, als würde er einen spitzen Hut tragen. Um den Weißen standen schwarze Männer, die mit Totschlägern auf andere schwarze Männer eindroschen.

Old Lady Long warf einen Blick auf ihre Handtasche, und da fiel ihr auf, dass der Reißverschluss offen war. Man konnte den blassbraunen Umschlag eines Buches sehen, das den Titel *Short Man, Tall Tale* trug. Es war eine Hinrichtung auf Papier. Der Autor, ein gewisser Clark Dune, hatte alte Zeitungsartikel zusammengefügt und sie nicht hinterfragt. Die Biografie war vor zehn Jahren erschienen, 1951, aber Old Lady Long hatte sie erst kürzlich entdeckt, in dem Schaufenster eines Buchladens in Perth. Sie hätte das Buch jetzt gerne aus der Tasche gezogen und einige Daten verglichen, aber sie befürchtete, jemand könnte den Raum betreten und das Buch erkennen. Sie war sich ziemlich sicher, dass man sie dann aus dem Museum werfen würde. Sie zog den Reißverschluss ihrer Tasche fest zu.

Sie beugte sich über ein Holzkästchen voller vergilbter Autogrammkarten. Sie zog eine Karte heraus, als zupfte sie das Blatt einer weich gekochten Artischocke ab. Auf der Illustration war ein magerer Mann zu sehen, bis zu den Hüften im Wasser, zwischen seinen Beinen der glänzende Panzer einer Schildkröte, und es sah aus, als wolle der Mann auf der Schildkröte reiten.

An einem Kleiderbügel hing ein Mantel, der Staub ansetzte. Er war so schmal geschnitten, als wäre er für ein Kind gemacht. Old Lady Long fiel es leicht, sich den überproportional großen Kopf vorzustellen, der einst aus diesem Mantel geragt hatte. Sie hauchte an die Kupferknöpfe, und graue Wölkchen stiegen auf. Sie musste dem Drang widerstehen, die Knöpfe mit ihrem Taschentuch zu polieren.

Folgendes war ebenfalls ausgestellt:

- Eine Seekiste mit den Initialen H. R.
- Eine Vitrine, in der ein rostiges Schnappmesser lag, und daneben ein kurzes Stück Hanfseil mit zusammengeknoteten Enden.

- Eine hinduistische Gottheit, aus Metall gegossen, etwa so groß wie eine Daumenkuppe. Auf den ersten Blick schien die Gottheit eine ausgesprochen lange Nase zu haben.
- Ein Taucherhelm mit gläsernen Klapptüren, die mit Gittern verschweißt waren.

Old Lady Long zog einen kleinen Schreibblock mit karierten Seiten hervor und notierte sich die Objekte in Listenform. Dann bückte sie sich zu einem Paar Schuhe aus Leder. Es waren sehr kleine Schuhe. Sie waren poliert und glänzten, aber sie hatten abgetretene Sohlen und seltsame Spitzen, die geflickt worden waren, mit einem matten Material, vielleicht Fischkleister.

Im Geiste sah sie seine Füße, die aussahen wie die Füße eines Jungen. Sie waren nicht so flach und breit gewesen wie jene der anderen Männer. Sie hörte ihn sagen, dass er diese Füße ein Leben lang in Tierhäute eingepackt habe, und sie hörte sich fragen, wie es sich denn anfühle, einen Waran zu tragen, und ob es nicht sinnvoller wäre, das Tier am Leben zu lassen, da es dann das Laufen für den Menschen übernehmen könne. Er sagte, das sei natürlich vollkommen richtig und so oder ähnlich würde es dort gemacht, wo er herkomme.

So hatte sie sich also das Volk vorgestellt, von dem er abstammte: gespenstische Kreaturen, halb Mensch, halb Tier.

Über den Schuhen hing ein Glaskasten an der Wand. Der Kasten war mit schwarzer Folie ausgelegt und zeigte eine Krawatte. Sie war hellblau, verblichen und zerzaust, aber die sorgfältigen Nähte und die feinen Fäden deuteten auf ein teures Modell hin. In die Seide waren kleine silberne Kängurus gestickt, und obwohl die Kängurus so klein waren, konnte man gut ihre starken Hinterbeine erkennen und den gebogenen Schwanz, der in einer perfekten Welle zur Wirbelsäule und dem Kopf überging. An der Krawatte klemmte eine Spange aus Silber, an deren Ende eine Krone und eine Kugel hingen.

Old Lady Long betrachtete die Krawatte sehr lange.

Als sie ihr Spiegelbild im Glas entdeckte, strich sie sich mit dem Taschentuch über die Stirn.

Sie empfand eine Art von Liebe. Im nächsten Moment musste sie sich daran erinnern, warum sie hergekommen war.

Sie schrieb in ihren Notizblock:

- Kalte Haut
- Kindermantel
- Abschied

4

An exakt derselben Stelle, wo ein Jahrhundert später die Talstation der Seilbahn stehen würde, befand sich nun erst eine steinige Brache, auf der Stechginster und Sauerampfer wucherten. Jenseits der Brache erhob sich die Kirche von Seelisdorn, und daneben kauerte demütig eine Hütte, die aussah, als würde sie nur noch von Brombeerranken zusammengehalten. Hier wohnte Pfarrer Sägesser. Nach einer Nacht voller Wolfsgeheul öffnete der Pfarrer die Tür und stolperte über den Jungen.

Hans schlug die Lider auf, und seine grünen Augen funkelten in den blauen Morgen.

»Ein Engel«, sagte Pfarrer Sägesser.

»Wo ist Heiri?«, fragte Hans und wischte sich Tränen von den Wangen.

Er schlurfte hinter dem Pfarrer ins Haus, ließ sich eine speckige Steppdecke über die Schultern legen, löffelte eine Linsensuppe und knabberte an einer Brotrinde.

Der Pfarrer war ein gebeugter Mann mit einem schiefen Lächeln. Er redete viel von Goa, wo er in jungen Jahren hingeschickt worden war, um eine Pfarrei aufzubauen. Er erzählte vom Geruch der Masalas und vom Klang der Kesseltrommeln. Oder er machte vor, wie die Inder den

Kopf schüttelten, wenn sie Ja sagten, und dabei lachte er. Nur am Rande erwähnte der Pfarrer die langen Nachmittage, an denen er im Schatten eines Kaschubaums gelegen und einen jungen Mann geküsst hatte, und wenn er davon sprach, dann in rätselhaften Sätzen.

Dass er in der rechten Hosentasche eine kleine Ganesha-Statue trug, erzählte er hingegen nicht; man konnte aber sehr gut sehen, dass er im Verborgenen ständig etwas durch die Finger drehte.

Der Pfarrer sah es als seine Pflicht an, den Jungen bei sich aufzunehmen. Er versuchte, ihm das Vaterunser in Latein einzutrichtern, aber ohne Erfolg. Hans sagte, er verstehe die Bedeutung nicht, auch nicht in der Übersetzung, und deshalb wolle er das nicht aussprechen.

Was Hans liebte, war die Kunst, Wörter zu schreiben und sie zu lesen. Der alte Mann und der Junge verbrachten den Sommer unter einer Eiche sitzend, sie lehnten sich an den warmen Stamm, Sägesser rauchte seine Cannabispfeife, und Hans las aus Robinson Crusoe vor. Hans hatte sich geweigert, die Bibel zu lesen, und eines Abends, nach einer langen Diskussion, war der Pfarrer widerwillig zu einem Schrank gegangen, hatte den doppelten Boden angehoben und ein Buch in lila Leinen hervorgezogen. Es geziemte sich nicht für einen Pfarrer, diesen Schund zu lesen, aber insgeheim wünschte er sich, die Bibel wäre annähernd so spannend.

Sägesser trug die Szene der Jagd vor Saleh gern nach Sonnenuntergang bei Kerzenlicht vor, voller Inbrunst. Hans band sich ein Küchentuch um den Kopf, fuchtelte mit einer Haselrute vor des Pfarrers Nase herum und brüllte: »Ay, Käptn!« und »Nieder mit den Türken!«.

Die Stellen über den Sklavenhandel übersprang Sägesser. Er war der Ansicht, ein Mensch dürfe niemals einem anderen Menschen dienen, er müsse immer frei sein. Hans nickte.

»Aber warum sollte ich dann einem Gott dienen?«, fragte er.

»Das ist ein Unterschied, mein Sohn«, sagte der Pfarrer.

Einmal fragte Hans, wo die Brüder und Schwestern von Robinson Crusoe lebten, er wolle seine Nachfahren kennenlernen.

»Die Geschichte ist erfunden«, sagte der Pfarrer.

Da begann Hans zu weinen. Zu Sägessers Freude verlor der Junge danach aber nicht das Interesse an der Geschichte. Im Gegenteil: Er trug das Buch stets mit sich herum. Später würde der Pfarrer erzählen, Hans sei nur wegen Robinson Crusoe den ganzen Sommer bei ihm geblieben.

Wenn Hans nicht las, steckte er im Garten des Pfarrhauses die Stiele des Löwenzahns zusammen und legte sie sich auf den Kopf wie eine Krone. Weißer Saft rann ihm über die Stirn. Sah Sägesser nicht hin, schlich Hans zum Kleiderschrank, zog das Kollar aus einer hölzernen Schachtel, legte es sich um den Hals und duckte sich hinter das Haus, wo er tote Fliegen segnete und begrub.

Sein Bruder Heiri arbeitete in der Wasserwerkstatt am äußeren Rand des Dorfes. Metzger brachten die Häute von Rindern, Ziegen und Schafen, die Grüne Häute genannt wurden, und Heiri weichte sie im Wasser auf, um sie von Blut zu reinigen, danach enthaarte er die Häute und entfleischte sie.

Hans hasste den Geruch in der Wasserwerkstatt, es roch nach Tod. Er hasste den Besitzer: Ein kleiner Mann mit schwarzen Knopfaugen wie ein Schwan, und in seinem Mund faulte ein einziger Zahn. Manchmal übernachtete Heiri bei Hans, Heiri schnarchte vor Erschöpfung, und Hans lag wach. Hans empfand die körperliche Nähe zu seinem Bruder als unangenehm. Der Anblick der verschorften Beine verwirrte ihn. Der Geruch des getrockneten Bluts in den Haaren machte ihn traurig.

Da war kein Hemd, und da war auch keine Halsbinde, wie er sich das vorgestellt hatte.

Je öfter er seinen Bruder sah, desto mehr wuchs in ihm der Drang, weit wegzulaufen.

Die Tage wurden kürzer, waren aber noch immer heiß, süßlicher Duft strömte von der Brache jenseits der Eiche. Den Sommer über waren die Stauden gewachsen, die der Pfarrer im Frühling gepflanzt hatte.

»Auf zur Tabakernte«, sagte Sägesser, klemmte einen geflochtenen Korb in die Armbeuge und verschwand mit einer Bügelschere zwischen den Stauden.

Die Blüten hatten weiße Härchen, und sie wuchsen in Ballen an dünnen Ästen. Der Pfarrer und der Junge schnitten die Blätter weg, und am Abend hängten sie die Äste an die Decke der Hütte. Nach zwei Wochen waren die Blüten trocken, und Hans legte sie in Einmachgläser und stellte sie auf das Regal über dem Herd.

Wann immer der Pfarrer die Einmachgläser sah, rieb er sich die Hände und sagte: »Ich freue mich auf den Winter.«

An einem orangefarbenen Tag, als die braunen Blätter der Eiche unter seinen Füßen raschelten, sagte Hans, dass er vor dem ersten Schnee weggehen würde.

»Laufen ist gesund«, sagte der Pfarrer.

Als Hans zum Abschied die Hand ausstreckte, fühlte er warmes Metall zwischen seinen Fingern und steckte die kleine Statue in seine Tasche. Dann legte ihm Sägesser einen Beutel aus geflochtenem Hanf über die Schulter, und Hans öffnete den Beutel und sah den lila Leinen-Einband.

Die folgenden drei Jahre trieb er sich durch die Dörfer. Er arbeitete als Erntehelfer, als Sattler, als Tischlergehilfe. Er verbrachte ein Jahr im Hotel de l'Ours in Kandersteg, wo er im Keller Kartoffeln schälte und in seiner Freizeit die seltsamen Wörter der englischen Touristen nachplauderte. Seine Lieblingstouristin hieß Miss Jemima, für sie ging er eines Abends im Fluss Fische fangen; sie strich ihm über die Stirn und gab ihm eine Münze.

Die anderen Kinder in der Küche riefen ihn »Zwerg vom Berg« und versteckten die Kartoffelschäler auf Simsen, die zu hoch lagen, als dass er sie hätte erreichen können; und nachts, wenn er schlief, trugen sie ihn nach draußen, legten ihn neben die Bienenstöcke und schmierten ihm Zuckerwasser in die Haare.

Als das Hotel abbrannte, zog er mit Jenischen durch das Land. Das waren Männer mit schlappen Hüten und breiten Bärten, und die Frauen erzählten ständig Witze und hatten lustige Falten um die Augen. Die Abende verbrachten sie am Waldrand und hörten das Feuer knistern. Sie waren von dem neuen Bundesgesetz verpflichtet worden, sich in Häusern niederzulassen, aber sie kümmerten sich nicht darum. Sie sagten, die Natur des Menschen sei es, sich jeden Tag woandershin zu bewegen.

Hans hatte keine Erklärung mehr dafür, warum sich der Mensch in vier Wänden einsperren sollte. Und als ihm seine neuen Freunde beibrachten, man dürfe nie mehr Dinge besitzen, als man tragen könne, da nickte Hans eifrig und sagte, ein Buch in der Tasche und ein Hemd am Rücken reiche ihm fürs Leben allemal. Jetzt wollte er nie aufhören, von Ort zu Ort zu ziehen.

5

Der Zug stampfte aus einem Nebel hervor, der dicht war wie Watte. Rote Räder knirschten im Bahnhof Olten, bis sie zum Stillstand kamen.

Hans stand etwas abseits der Gleise, sein Kopf überragte knapp einen Gartenzaun, er hatte eine Kapuze in die Stirn gezogen, und an seinem Kinn hing ein flaumiger Bart. Sein Körper war in eine Art Segeltuch gewickelt, wie eine Mumie. Er trug drei Hosen übereinander, durch die Löcher in den Hosen konnte man die jeweils darunterliegende Schicht sehen. Jede Schicht hatte eine andere Farbe. Seine Schuhe hatten zuvor jemandem gehört, der längere Füße hatte. Er roch nach ranziger Butter.

Der Zug dampfte, die Türen der Waggons öffneten sich, und in den Türen erschienen steife Schaffner. Auf einer beschlagenen Fensterscheibe sah Hans eine Hand vorübertanzen, die Kondenswasser wegwischte. Hinter der Hand kam ein Frauenkopf zum Vorschein. Auf dem Kopf klemmte eine schwarze Samthaube, an der eine Kordel mit roten Quasten baumelte.

Die Frau schaute zu ihm. Sie wischte die ganze Scheibe frei, und jetzt konnte man einen Überrock aus grauem Popelin sehen, der mit bronzenen Haken verschnürt war. Neben der Frau lehnte ein rosaroter Sonnenschirm.

Sie schob das Fenster hoch und winkte.

Hans ging hin. Der Kopf der Frau duckte sich weg, und als er wieder hochschwebte, hatte sie ein Lächeln auf dem Gesicht und streckte ihm ein Stück Schinken entgegen.

Hans sagte etwas, aber die Frau konnte ihn nicht verstehen.

Sie zuckte mit der Hand, der Schinken ruckelte.

Er sagte nochmals denselben Satz, bloß ein bisschen lauter, und die Frau bedeutete ihm, in den Waggon zu steigen, und rief den Schaffner. Hans hörte, wie sie zum Schaffner sagte, er solle übersetzen.

»Er sagt, Ma'm, er sei kein wildes Tier.«

Die Frau ließ beschämt den Schinken sinken. Dann stand sie langsam auf. Sie nickte.

Hans mochte ihre feuchten Küsse.

Er schlang seine Arme um ihre Hüften, spürte ihre Turnüre und weigerte sich, sie loszulassen.

Sie hieß Emma Campbell und hatte einige Monate zuvor am Raj Theatre in Kalkutta ihr Stück *The Moon above Rangoon* aufgeführt. Sie war eine Engländerin Ende dreißig und kurzfristig durch die Heirat mit einem Plantagenbesitzer aus Georgia reich geworden. Einmal verbrachte sie den Winter auf einer Plantage und sah, wie Peitschenschnüre schwarze Haut zerrissen. Sie schrieb ein Tagebuch, und als sie es veröffentlichte, ließ ihr Mann sich von ihr scheiden. Er nahm ihr die gemeinsamen Töchter weg. Fortan schrieb sie Theaterstücke über unmögliche Liebe, meist spielte sie selbst die Hauptrolle, und die Kritiker liebten das. Manchmal weinte sie im Schlaf.

Hans mochte das Hotel Krone in Solothurn. Er mochte, als Miss Campbell flüsterte, schon Napoleon habe mal hier geschlafen. Er mochte den Schneider. Er mochte die weichen Hosen, die ihm der Schneider über die Beine hochzog, und er fragte sich, von wo auf der Welt der Stoff für das Hemd stammte, so leicht wie Luft. Er mochte den Duft des Rasierwassers. Er mochte den Tee. Er mochte den geräucherten Schinken, obwohl Miss Campbell sagte, in England würden nur arme Leute Schinken essen, und er fragte, warum sie dann Schinken esse, und sie rief aus: »Ich liebe Schinken!« Er mochte die Milch, und er trank auch Miss Campbells Glas aus, die sich nicht an die Milch herantraute, da sie nicht pasteurisiert war. Er mochte die weißen Bettlaken, und er mochte es, wie Miss Campbell in der Nacht seine Hand hielt.

Am nächsten Morgen war er Louis.

Wann immer Emma ihn Hans nannte, biss er sie ins Ohr, und sie kicherte und zappelte mit den Beinen.

Viele Jahre später, während des Medienrummels, würde eine zittrige alte Emma Campbell dem Chefredakteur der *Century Gazette* unter Tränen erzählen, Hans habe sich nach dieser Nacht wie ein König gefühlt und nach dem Namen des größten Königs der Geschichte gefragt und deshalb habe er sich Louis genannt. Er sei ein Exzentriker. Er habe aber bestimmt nie jemanden in die Irre führen wollen.

Als der Zug aus Solothurn wegfuhr, hielt sich Louis an Emmas Bein fest. Emma kniff ihn in die Seite; von nun an schaute Louis aus dem Fenster und behielt die Büsche neben den Gleisen im Blick, die vor ihm auf und ab hüpften, bis ihm vom Wackeln des Kopfes schwindlig wurde und die Bilder verschwammen. Dann folgte er Emmas Finger, der auf die Häuser und Straßen und Menschen zeigte, und er hörte sie sagen, sie liebe Ferien in der Armut, seltsamerweise würde ihr dies Hoffnung geben.

»Hier sieht es aus wie in Kalkutta, nur ist alles viel kleiner«, sagte sie.

In Paris wohnten sie im Hotel Grévin an der Rue de Montesanto.

Den ersten Tag verbrachte Louis in der Lobby und schaute durch das Fenster nach draußen. Am zweiten Tag ging er die Straße hinunter bis zum Ende des Häuserblocks, eilte dann aber sofort zurück. Am dritten Tag spähte er um die Ecke des Blocks. Eine Woche lang ging er um den Block, rannte dann die Treppe des Hotels hoch, zwei Stufen auf einmal, riss die Tür zum Zimmer auf und rief: »Ich bin um die Welt gereist!«, und Emma schreckte von ihrem Tagebuch hoch.

Emma verbrachte die Abende mit befreundeten Autoren in Cafés oder im Théâtre Lyrique. Im Mai sah sie die Uraufführung von *Le Jardinier et son seigneur* des glühenden Léo Delibes und im September *Les pêcheurs de perles* des lauwarmen Georges Bizet. Während Emma weg war, begab sich Louis auf Wanderungen durch die Straßen, tagsüber erledigte er Emmas Haushalt. Brachte er die Kleider zerknittert aus der Wäscherei zurück oder vergaß er, Telegramme aufzugeben, lachte sie, strich ihm durch die Haare und küsste seine Stirn.

An einem heißen Sommertag ging er beim Schneider ein Kleid aus weißem Tüll abholen, das Emma als Vorbereitung für einen Theaterabend bestellt hatte. Es war mit Zinnien aus rosarotem Samt verziert, und als der Schneider seinen Gehilfen rufen ging, griff Louis verstohlen nach dem Kleid und vergrub seine Hände in der Flut von weichem Stoff. Er achtete darauf, dass der Gehilfe das Kleid sauber verpackte, und da ihm die Schlaufe an der Schachtel nicht gefiel, sagte er: »Eine neue Schlaufe bitte.« Er war erstaunt, als sich der Gehilfe ohne Widerrede nochmals an die Arbeit machte.

So glaubte er eine Ahnung davon zu bekommen, wie sich Macht anfühlt.

Einmal spazierte Emma mit ihm zum Triumphbogen und zeigte zu den ausziehenden Kriegern hoch. Sie legte ihren Arm um seine Schultern und erzählte von François Rude, der als einfacher Schmied begonnen hatte und als weltbekannter Bildhauer starb. Sie redete vom Universum, das die Dinge zusammenfüge. Da sei kein Gott, da seien nur die Geister, und sie würden in den entscheidenden Momenten zu uns sprechen. Louis blickte zu den Reliefs empor, und dann war ihm, wie eine Erleuchtung, als sähe er da oben nicht das Leben Anderer, sondern sein eigenes, er sah sich dort, in Stein gemeißelt, während Stimmen nach ihm riefen.

Er war Louis de Montesanto. In einem Gebrauchtwarenladen kaufte ihm Emma aus Scherz einen Dreispitz, den er fortan trug.

Als der Triumphbogen und die Cafés im aufsteigenden Rauch der Lokomotive verschwanden, war Louis ein Junge, der kaum aufhören konnte, in sich hineinzukichern. Er mochte es: Am Morgen in einen Zug zu steigen und nicht zu wissen, wo er am Abend schlafen würde. Nie kam er erschöpft an einem Ziel an. Sobald der Zug hielt, rannte er los und schaute sich in den Straßen um. Aber an einem feuchten Tag im Winter 1866 wurde die Reise um vier Uhr nachmittags in London abrupt unterbrochen.

Emma wollte schreiben. Sie sagte, es gäbe kein Weiter, dies sei ihre Heimat. Er ging vor den Fenstern ihres Hauses in London auf und ab und starrte in den Nebel.

In dieser Nacht mochte er ihre Hand nicht mehr halten.

Er blieb wach und las Robinson Crusoe, aber das machte alles noch schlimmer. Draußen ließ er sich vom Nebel tragen. Und als er wieder seine Füße spürte, fühlte er sich etwas besser. Im Morgengrauen kehrte er zurück, und Emma fragte, wo er gewesen sei. Sie sagte, sie könne heute nicht schreiben. Er sagte, dann könnten sie ja zusammen fortgehen. Sie sagte Nein.

Das machte ihn so wütend, dass er aus dem Haus stürmte und die Tür hinter sich zuwarf. Zum Trost kaufte er sich eine Orange. Der Tag roch nach Asche, er schlenderte zum Hyde Park. Durch die Bäume sah er eine Frau, die hinter ihrem Jungen herlief. Er setzte sich auf eine Bank und beobachtete den Jungen, wie er vor Vergnügen quietschte. Der Junge schaute kaum mehr, wohin er lief, er drehte den Kopf zurück, um zu sehen, ob ihm seine Mutter noch folgte, und so lief er gurgelnd vor Freude geradewegs in einen Baum hinein, riss sich die Hose auf und schlug sich die Nase blutig. Die Mutter kniete nieder und nahm das Kind in die Arme.

Louis ließ vor Verwunderung seine Orange fallen.

Die Frau küsste dem Jungen die Tränen von den Wangen; der Schleim und das Blut auf ihrem Zobelschal kümmerten sie nicht.

Es war bereits Abend, als Louis bemerkte, dass er noch immer auf der Bank saß. Die Frau und das Kind waren längst verschwunden, die Orange lag noch immer zwischen seinen Füßen. In dieser Nacht dachte er an die rissigen Finger seiner Mutter, die mit der Peitsche den Willen von Pferden gebrochen hatte. Am nächsten Morgen legte sich ein gequälter Ausdruck um seinen Mund. Es waren zwei Linien, von den Nasenflügeln zu den Mundwinkeln, sie würden sich mit den Jahren in die Haut einkerben.

Er ging zur Themse hinunter, lehnte sich an die Lambeth-Brücke, hörte sie knarren und schaute den Pferden zu, die sich die Rampen hochquälten. Schiefe Lampen hingen an hölzernen Balkonen, Leinen spannten sich über die Straße, und Bettlaken flatterten wie Fahnen. Schnauzbärtige Gesichter hauchten ihren Atem an zerbrochenes Glas, und ein Zwerg mit einem Zylinder so hoch wie eine Keksdose trat aus dem Nebel, einen Schirm in der Hand, den er über den Kopf einer jungen Frau streckte. Ihr Gesicht war starr und weiß wie Porzellan und lugte unter einem Schleier aus falscher Seide hervor. Louis lief hinter den beiden her, in einen Hof, wo die junge Frau über das Pflaster strauchelte und dann die Treppe hochging und ein rotfleckiges Taschentuch fallen ließ.

Nach dieser Begegnung besuchte Louis nachts öfter die Regent Street, klopfte an die Tür eines roten Backsteinhauses und betrat einen langen Korridor. Dort standen Männer mit Hosenträgern an die Wand gelehnt, rauchten Zigarren und hoben die Röcke von jungen Damen an. Einmal stürzte ein nackter Franzose mit Haaren voll Makassar-Öl aus einem Zimmer, er schrie: »Vive l'amour, le vin, et le tabac«, und verschwand wieder in einem anderen Zimmer.

Louis zog einen Vorhang aus zusammengenähten Musselinflicken zurück. Auf dem Nachttisch brannte eine Kerze, und ein Falter kreiste um die Flamme. Der

Raum roch nach Suppe, und der Geruch von Essen auf dem Bett erinnerte Louis an den Strohballen in den Alpen. Er legte seine Finger um Sarahs Hüften, und danach legte er Emmas Geld in Sarahs Hand.

Als er einmal zu Emma zurückkam, saß sie an ihrem Schreibtisch vor einer Paraffinlampe und einem leeren Blatt Papier. Ein Bleistift mit unbenutzter Spitze lag daneben. In der Dunkelheit hinter ihr verschwanden ein Fenster aus Buntglas und eine William-Morris-Tapete. Neben ihr stand ein leeres Champagnerglas. Sie saß auf einem Kissen, wodurch sie ein wenig größer erschien, ihre Füße baumelten über einem turkmenischen Seidenteppich. Ein Porzellanteller lag zerbrochen auf dem Boden.

»Du musst jetzt gehen«, sagte sie.

Sie zeigte ihm den Brief eines Schweizer Bankiers. Der Bankier stand kurz vor der Abreise nach Amerika und suchte einen Diener, der deutsch sprach. Der Bankier schrieb, er habe gehört, Emma Campbell beschäftige einen jungen Schweizer. Er frage an, ob sie ihn entbehren könne. Sie hatte ihm soeben ihre Zusage geschickt.

»Wir sehen uns wieder«, sagte sie.

»Bestimmt«, sagte er.

Zum ersten Mal wusste er, dass er log.

6

Der Bankier war ein feister Mann ohne Haare, der sich Monsieur Bischofberger nannte. Er war so groß, dass ihm Louis nur in die Augen schauen konnte, wenn er den Kopf ganz in den Nacken legte. Bischofberger trug stets Frack und Zylinder und achtete sehr auf seine Krawatte. In Reichweite musste jeweils das Buch *L'art de mettre sa cravate* von Saint Hilaire liegen. Bischofberger verzichtete auf den Langbinder, was seinem Aussehen etwas Altmodisches gab. Seine Krawatte musste kurz und breit sein. Er beherrschte siebenundzwanzig von Saint Hilaires zweiunddreißig Knoten, an drei arbeitete er noch, und zwei waren ihm zu gewagt, er verwendete sie nicht. Er war der Ansicht, ein Hauch von Tradition werde Vertrauen gleichgesetzt, und dieses Vertrauen unterstrich er mit einem übertrieben durchgestreckten Rücken und einer Nase, die in den Himmel zeigte.

Beim ersten Zusammentreffen sagte er zu Louis, er solle diesen lächerlichen Hut abnehmen.

»Und wie heißt du wirklich?«

»Louis de Montesanto«, sagte Louis.

Louis hasste Monsieur Bischofbergers Lachen. Es war nie Ausdruck der Freude, es war eine Waffe.

»Sepp? Heinz? Franz?«

»Hans«, sagte Louis, »Roth.«

Sie einigten sich darauf, den Namen Louis de Montesanto in den Pass einzutragen, schließlich war das nichts als ein Stück Papier, das man in Europa längst abgeschafft hatte. Aber im Alltag würde Monsieur Bischofberger die adelige Marotte seines Dieners ganz bestimmt nicht tolerieren. Er war Hans Roth, basta. Allerdings verzichtete Bischofberger darauf, jemals den Nachnamen zu nennen, und den Vornamen sprach er auf eine Weise aus, wie man nach einem Esel ruft.

Er ließ eine Seekiste zimmern und die Initialen H.R. ins Holz brennen.

Gelegentlich schüttete Louis Zucker in die Suppe von Monsieur Bischofberger und Salz in den Tee. Er zerbrach die Kruste der Crème brûlée mit dem Daumen und sagte, der Köchin müsse ein Fauxpas unterlaufen sein und er kümmere sich sogleich persönlich darum. Er knotete Monsieur Bischofbergers Schnürsenkel zusammen und hoffte, dass der eine Treppe hinunterstürzen würde, was aber nie geschah.

Bischofberger war als Sohn eines Bankiers in Biel zur Welt gekommen und hatte die letzten zwanzig Jahre damit verbracht, als Vermögensverwalter zwischen Europa und den USA hin und her zu reisen. In dieser Zeit hatte er ein ausgeklügeltes Packsystem entwickelt. Sein Lieblingsspruch lautete: »Der echte Reisende findet noch mit verbundenen Augen innert dreißig Sekunden seine Zahnbürste.« Er war der Ansicht, dass ein Unglück jederzeit passieren konnte, und unter einem Unglück verstand er, dass das Öl in der Lampe ausging und er nichts mehr sehen konnte. Sollte es ihn also bei Dunkelheit an die

Strände Bermudas spülen, wollte er als Erstes seine champagnerfarbenen Gamaschen wechseln können, aber dafür musste er wissen, wo die Gamaschen verpackt waren. Der Tag konnte ja gleich anbrechen, und da wollte er eine gute Figur machen.

Seine Angestellten hatten sich also an handgezeichneten Plänen zu orientieren, die jedem Stück im Gepäck den richtigen Platz zuwiesen: Da war die Unterwäsche vermerkt, darüber stapelten sich die kurzen Strümpfe, daneben die längeren Strümpfe und dazwischen die Flanellstrümpfe. Bischofberger musste mit einem einzigen Griff seine Stiefel mit Zweifachsohle finden oder die Stiefel mit Korksohle oder die Galoschen. Er drohte mit einem Tobsuchtsanfall, sollte bei einem überraschenden Schneesturm mitten in der Nacht seine tastende Hand nicht auf Anhieb den geliebten Ulster hervorziehen.

Wer eine Anstellung bei Monsieur Bischofberger wollte, musste als Erstes diese Pläne auswendig lernen.

Unter den Dienern kursierte die Redewendung »Alles läuft nach Plan«, was bedeutete, dass jemandem ein Packfehler unterlaufen war und er sich jetzt die Wange rieb, wo ein Abdruck von Bischofbergers dicken Fingern glühte.

Monsieur Bischofberger benutzte nur Koffer von Allen's Portmanteaus, die als beste Produkte auf dem Markt galten, und dennoch verging keine Woche, in der Bischofberger nicht ein Telegramm an die West Strand Street schickte mit Vorschlägen, wie man die Koffer und Taschen noch besser hätte entwerfen können. Vom Reisenecessaire aus afrikanischem Mahagoni hielt er nichts, denn er konnte sich noch so Mühe geben, die Flakons aus Bergkristall, die silbernen Pfropfen, die Scheren, die

Opiumdosen, das Besteck für den Aderlass, die Waage, die Messbecher und die Mörser aus Marmor korrekt in diesem Holzkistchen anzuordnen – die Sachen schepperten unterwegs dermaßen, dass er sich dafür regelrecht schämte. Er war der Ansicht, das Necessaire klinge wie der Koffer eines wandernden Scherenschleifers.

Er war überzeugt, ein gepolstertes Innenfutter würde dem Scheppern ein Ende bereiten. Da er von der West Strand Street keine Antwort auf seine Telegramme bekam, setzte er sich eines Tages selbst hin, um ein solches Futter zu basteln, was sehr gut funktionierte und worauf er äußerst stolz war. Wann immer sich die Gelegenheit bot, pries er seine Erfindung an, auch wenn das niemand hören wollte. Eines Tages würde er der Welt seine Revolution präsentieren, die Revolution des Innenfutters, aber noch war die Welt nicht bereit dafür, und Bischofberger erfreute sich daran, zumindest sein eigenes Leben erleichtert zu haben.

Jeden Morgen von acht bis neun Uhr lehnte sich Bischofberger in einem Ohrensessel aus weinrotem Samt zurück, schlug die Beine übereinander und ließ die Kette seiner Taschenuhr durch die Finger gleiten. Louis kniete am Boden und packte probehalber Staubmantel, Radmantel, Wickelmantel, jedes Hemd, jede Hose und jeden Strumpf.

»Hans!«, rief Monsieur Bischofberger, wenn er die Koffer kontrollierte.

»So ist es viel besser«, sagte Louis.

Louis dachte keine Sekunde daran, sich Plänen zu unterwerfen. Schon gar nicht, wenn sie von einem Mann stammten, der noch nie eine Hose durchgesessen hatte.

Schläge fürchtete er nicht, und nur weil einer reich war, hieß das noch lange nicht, dass er ihn als Autorität respektierte. Eine sinnvolle Funktion hatten die Pläne für ihn nur einmal, als er auf dem Weg zur Toilette keine Schachtel von Bischofbergers Vorrat an Aloe-getränktem Gayetty's Toilettenpapier finden konnte und er stattdessen die Packanleitungen mitnahm, die er, auf der Klobrille sitzend, in Streifen riss.

Wann immer Louis mit Monsieur Bischofberger im selben Raum war, begann er, ein Protestlied der Sklaven aus der Zeit des Sezessionskriegs zu singen, das er an der Regent Street gehört hatte, und einmal sagte Bischofberger, sobald sie in New Orleans ankämen, wolle er dieses Lied nie wieder hören, seine Kunden seien schließlich Plantagenbesitzer, worauf Louis noch lauter sang:

Am I not a man and brother?
Ought I not, then, to be free?
Sell me not to one another,
Take not thus my liberty.

Eine Woche vor der Abreise war Monsieur Bischofberger klar, dass ihm dieser junge Mann nur Scherereien bereitete. Später würde er der *Chicago Daily News* zu Protokoll geben, er habe sich in Louis' Gegenwart jeweils gefühlt, als sei Louis der Meister und er der Diener. Und dann sei da noch etwas gewesen, das ihn viel mehr irritiert habe.

»Der hat jede meiner Bewegungen kopiert.«

Bis Bischofberger das Gefühl gehabt habe, eine kleinere und jüngere Version von sich im Spiegel zu sehen.

Und warum, würde der Journalist fragen, habe er Louis

dennoch weiterempfohlen? Das, würde Bischofberger sagen, könne er sich im Nachhinein auch nicht mehr erklären, es musste mit dem Gefühl der Verantwortung gegenüber einem Landsmann zu tun gehabt haben oder allenfalls mit dem exzentrischen Verhalten von Louis, das er bei einem englischen Arbeitgeber als weniger problematisch gesehen habe.

Monsieur Bischofberger schickte Louis mit einem Brief zu Sir William Stevenson.

7

Der Aperitif mit Venusmuscheln und gesalzenen Mandeln war soeben vorbei, und nun trug Louis ein Tablett in den Salon, auf dem Toastscheiben mit Kaviar lagen. Die SS Scotia schwankte durch den Indischen Ozean, und Louis versuchte, mit breiten Schritten die Balance zu halten. In zwei oder drei Tagen würden sie in Ceylon anlegen.

Sie waren lange in London geblieben. Anfang Juni hatte das Derby stattgefunden und Mitte des Monats das exklusivere Ascot. Im Juli dann die Henley-Regatta. Die Kricket-Spiele waren als Nächstes dran, zuerst jene zwischen Oxford und Cambridge, dann Eton gegen Harrow.

Louis kam es in dieser Zeit vor, als würde er ein ganzes Meer voll Muscheln an Herren mit gekräuselten Schnauzbärten servieren.

Unter ihnen war stets Sir William Stevenson, ein Mann mit leidenschaftslosen Zügen, der sich große Mühe gab, bei allen gesellschaftlichen Anlässen dabei zu sein und der pflichtbewusst jeden Morgen vor dem Frühstück die Rotten Row im Hyde Park abritt. Er verbrachte viel Zeit im Reform Club, wo er versuchte, Kontakte zu knüpfen oder eine Partie Whist zu spielen, was allerdings meist damit endete, dass er in der Bibliothek gelangweilt in einem der fünfundsiebzigtausend Bücher blätterte. Sir William war ein geistloser Mensch, und niemand mochte sich mit ihm abgeben. Seine Karriere beruhte auf einigen Gouverneursposten, darunter eine malariageplagte Insel mit ein paar Hundert Einwohnern in der Karibik und ein gefrorener Fels am Ende der Welt irgendwo in der Nähe von Patagonien.

Als Anfang August die Moorhuhn-Saison begann und die gehobene Gesellschaft London wieder verließ, um aufs Land zurückzukehren und sich auf die Parforcejagd zu freuen, stiegen Sir William und Lady Stevenson mit ihren zwei Kindern und einem Dutzend Bediensteten aufs Schiff nach Australien. Sir William war als Gouverneur in die Kolonie berufen worden, und zwar in jene Ecke, wo es nur noch Sand und Stein gab und kaum noch Menschen lebten.

Auf den Kaviar folgte die Schildkrötensuppe.

Sir Williams belangloses Wesen und seine trostlosen Ämter waren unter der Gesellschaft Londons derart bekannt, dass sich kein respektabler Diener fand, der bereit war, für ihn zu arbeiten. Das Dienstpersonal des Gouverneurs auf der SS Scotia bestand somit aus jungen Frauen mit unehelichen Kindern und Männern, die nichts taugten.

Dass Louis einen seltsamen Nachnamen hatte, war auch Sir William aufgefallen. Aber er war es gewohnt, Gestalten anzustellen, die keine andere Wahl hatten, als ihm in die Hölle zu folgen; zudem war er auf jeden angewiesen, der freiwillig zu ihm kam, und er stellte keine unnötigen Fragen. Louis reiste mit dem amerikanischen Pass, den Monsieur Bischofberger für ihn beantragt hatte.

Hans Roth würde für die nächsten dreißig Jahre Louis de Montesanto bleiben.

Nun kam englischer Lachs an Sauce hollandaise auf den Tisch, mit Gurken garniert. Für den Herrn ein kräftiges Porter-Bier.

Louis hatte unter der Belegschaft die Rolle eines Vorgesetzten eingenommen. Er war der Ansicht, seine Mitarbeiter seien faul und langsam und jemand müsse sie auf Trab halten. Lady Stevenson wechselte ihre Kleider mehrmals am Tag, ihre Petticoats und Röcke mussten gewaschen und gebügelt werden. Die Stevensons verspeisten Zehngang-Menüs, und jemand musste danach die Teller und Gläser und Gabeln und Messer polieren. Louis war der Mann, der diese Arbeiten beaufsichtigte.

Noch in London war er in den Status des Butlers erhoben worden, er durfte nun die ehrenvolle Aufgabe übernehmen, am Morgen Sir Williams Zeitung zu bügeln, damit sich dieser beim Lesen die Finger nicht schmutzig machte. Die Lohnerhöhung hatte er abgelehnt, denn Geld interessierte ihn nicht. »Der wahre Reichtum ist die Freiheit«, hatte er gesagt und dabei Sir William mit einem derart stählernen Blick durchbohrt, dass sein Herr leicht zusammengezuckt war. Die Stevensons sprachen ihn ehrenvoll mit dem Nachnamen an. Die Diener, die Louis unterstellt waren, nannten ihn Mister de Montesanto. Ihm war wichtig, dass sie seinen Nachnamen auf dem S betonten und nicht auf dem A, und er übte es mit ihnen, bis sie es beherrschten.

Der nächste Gang bestand aus Brieschen à la Toulouse und Pasteten à la Financière, gefüllt mit Austern und Trüffeln.

»Rapide, rapide«, zischte er, wann immer er in die Küche kam.

Abends erzählte er den Bediensteten, er sei ein französischer Edelmann italienischer Abstammung und nur hier, um Demut zu erlernen.

Danach mussten alle die Hände auf den Tisch legen, mit gespreizten Fingern, und er inspizierte ihre Fingernägel und zog bei Bedarf die Nagelschere hervor. Er bestimmte, wer wann die Haare zu schneiden hatte, welche Hemden gewechselt werden mussten, wie lange ihre Mahlzeiten dauern durften, und wenn einer auf der Toilette trödelte, bekam er nur Brot als Abendessen, was oft die ganze Belegschaft betraf. Die Kosten für das wöchentliche Bad ließ er ihnen zu überrissenen Preisen vom Lohn abziehen. Und wenn er darauf angesprochen wurde, zog er die Nasenflügel hoch und sagte: »Geld ist die Illusion von Erfolg.«

Sie hassten ihn.

Kurz vor Ceylon hörte er nachts, wie seine Kajütentür leise aufging und danach das Schloss einschnappte. Er rüttelte an der Klinke, aber die Tür ließ sich nicht öffnen.

In der Dunkelheit auf seinem Bett dachte er an das Butterfass und fragte sich, ob man jemals daraus entrinnen könne. Er erinnerte sich an Emma Campbell und ihre warme Hand, die unter der Bettdecke nach ihm tastete. Er strich der Ganesha-Statue über den Rüssel und wunderte sich, dass er die Gesellschaft seiner Zeitgenossen nicht suchte und ihm Bindungen jeglicher Art ein Graus waren. Stimmen riefen nach ihm, wie schon unter dem Triumphbogen in Paris, sie sagten, er solle seine Kiste packen, er sei ein Zigeuner, kein dressierter Affe.

Am nächsten Morgen wurde das Frühstück ohne ihn serviert. Erst gegen Mittag hörte Louis, wie das Schloss klickte. Sir William stand im Türrahmen, mit dem Blick eines schläfrigen Babys, und versicherte, diese schandhafte Tat aufzuklären.

Den Rest der Fahrt nach Colombo verbrachte Louis an einem Ecktisch im Salon, wo er das Licht beobachtete, das durch die Bullaugen einfiel und sich an den Eichenbänken brach, oder er war auf Deck, wo er zu den Wolken hochsah, die sich vor die Sonne schoben. Einmal glaubte er, im Meer Delfine zu sehen, aber er war sich nicht sicher, es hätten auch Fliegende Fische sein können. Er mochte die tropische Hitze, er fühlte sich leicht benommen, aber es war ein wohliges Gefühl.

Als das Schiff in Colombo vor Anker ging, stand er in seiner Kajüte und hielt sich einen Spiegel vor das Gesicht. Er strich sich mit dem Zeigefinger über die Stirn und versuchte, die Kerben zu glätten, die sich dort vertieft hatten. Er konnte sich nicht erinnern, sie zuvor jemals bemerkt zu haben. Ihm kam es vor, als hätten sie sich über Nacht in seine Haut geritzt.

Das Erste, was er an Land sah, war eine wiederkäuende Kuh neben einem braunen Haufen, über den Fliegen krabbelten. Von irgendwoher wehte der Geruch von Kardamom und Zimt. Im Hafen herrschte ein unsägliches Gedränge. Ein Rikscha-Wallah hinkte vorüber. Auf dem Gehsteig hatte jemand einen großen Topf aufgestellt, in dem Öl blubberte. Ein junger Kerl mit nacktem Oberkörper wollte ihm eine Shiva-Statue aus parfümiertem Sandelholz verkaufen, aber Louis schüttelte den Kopf. Ein gnomhafter Mensch mit beuligem Gesicht, der keine Beine hatte und dessen Hüften auf ein Brett gezurrt waren, hievte sich mit den Fäusten durch den Staub und heulte: »Karma! Karma! Karma!«

Louis schob den Mann mit dem Knie leicht zur Seite und spazierte dann dem Meer entlang nach Süden, setzte sich auf die Terrasse des Galle Face Hotel und bestellte eine Tasse Tee. Am Nebentisch saß ein nobler Bengale. Er trug eine große Brille und einen Vollbart.

»Die Reise macht einen Mann umsichtig«, sagte der Bengale.

Louis nickte zu den Wellen, die sich vor seinen Füßen brachen, und das Einzige, das ihm in den Sinn kam, war Rhabarberkuchen und gebratener Goldregenpfeifer an Mayonnaise. Er kniff die Augen zu Schlitzen und fixierte den Horizont.

Der Tee kam und ein kleiner Teller mit frischer Mango. Louis tunkte ein Sieb voller Blätter in heißes Wasser und wischte die feuchten Hände unter dem Tisch an den Hosenbeinen ab.

Der Bengale schlug vor, Louis zu Sri Maha Bodhi zu begleiten, der Pappelfeige, unter der Siddhartha Gautama die Erleuchtung gehabt habe, der Baum aller Bäume. Der Bengale sagte, es sei allerdings nicht das Original, denn das Original in Bodhgaya sei von König Shashanka zerstört worden, aber ein mutiger Mönch habe einen Zweig gerettet und hierhergebracht, um einen neuen Baum daraus zu züchten, und der Bengale redete und redete, und es schien ihm kaum noch möglich zu sein, einen Satz ohne Sri Maha Bodhi auszusprechen.

Louis wandte den Kopf nach rechts, dort lag der Hafen. Ohne auf die Einladung zu reagieren, stand er auf, ging entlang der tosenden Wellen und bestieg viel zu früh das Schiff.

Die folgenden zehn Tage nach Fremantle beklagte er sich bei der Belegschaft über die Qualität des Yorkshire Puddings, behauptete, der Kapaun sei im Ofen verbrannt und die Moosbeerensauce sei bitter, das Lamm mit Minze sei missraten, der Pflaumenpudding schmecke nach Knoblauch und das Vanille-Eis verursache Durchfall.

Als er in Australien von Bord ging, half ihm niemand, die Seekiste zu tragen.

Er zerrte die Kiste über die Mole, vorbei an Männern mit stoppligem Kinn, die ihre breiten Arme um die schmalen Schultern junger Frauen legten. Es waren Perlenfischer, die nicht im Traum daran dachten, sich mit ihrem Geld ein Haus oder eine Kutsche zu kaufen, lieber tranken sie Whisky und tanzten die ganze Nacht. Louis senkte den Blick und behielt den Rockzipfel von Lady Stevenson im Auge, der am Ende der Mole zu verschwinden drohte.

8

Die einzigen Fremden, die nach Perth kamen, waren Expeditionsreisende mit rissigen Lippen und starrem Blick. Sie ritten die Saint Georges Terrace hinunter, banden die Halfter ihrer Pferde an einen gusseisernen Pflock und betraten zwischen neugotischen Säulen hindurch das Haus des Gouverneurs. Sie gingen über schwarz-weiß gemusterte Böden aus falschem Marmor, zur Musik von Geigen und Oboen, an Glasschränken vorbei, in denen sich Porzellanteller mit Goldrändern stapelten. Auf der linken Seite des Treppenhauses lehnte an der Wand eine Standuhr mit römischen Ziffern. Eine Treppe aus Jahara-Holz wand sich empor, und darüber hing ein goldener Kronleuchter mit zwanzig Kerzen. In die Wand im Hintergrund war ein Bleiglasfenster eingelassen, das ein aufgebäumtes Einhorn zeigte, und einen Löwen, der ein Zepter in die Höhe reckte.

Besucher bogen nach links ab und nahmen in einem Erker im Salon Platz, wo ihnen die Sonne in ihre faltigen Nacken schien. Louis eilte in die Küche, um eine Flasche Champagner zu entkorken.

Niemand kam ein zweites Mal. Außer Bob Fraser, ein Mann, der seine Kleider ausfüllte wie ein vollgepackter Futtersack. Auf seinem Kopf zitterte ein Büschel schütterer

Haare, das an einen Staubwirbel erinnerte. Sein Mund lag verborgen hinter einem seegrasartigen Geflecht. Sir Williams Vorgänger hatte Fraser vor einigen Jahren vermeintlich in den sicheren Tod geschickt, um eine neue Landroute durch die Wüste zwischen Perth und Adelaide zu finden. Zum großen Erstaunen aller Australier war Fraser nicht gestorben. Er bekam vom Gouverneur die Erlaubnis, bis zu seinem Lebensende in diesem Haus ein und aus zu gehen, ohne sich ankündigen oder verabschieden zu müssen.

Frasers Champagnerglas füllte Louis stets persönlich, und dabei zwinkerte er dem massigen Mann verschwörerisch zu.

Das Haus des Gouverneurs war ein Neubau und das größte Gebäude der Stadt. Östlich des Eingangs konnte man oberhalb eines Olivenbaums einen quadratischen Absatz im Gras erkennen, wo die Fundamente der alten Gouverneursresidenz lagen. Das Haus war aus Holz erbaut und von Ameisen zerfressen worden. Von den alten Fundamenten führte eine Treppe zum Ufer des Flusses hinunter, wo ein Gemüsegarten lag und der Chefgärtner in einer fleckigen Juteschürze seine Tage mit den Versuchen verbrachte, Kartoffeln zu züchten. Aber die Erde war zu sumpfig, und ob es der Chefgärtner nun mit Spargel, Tomaten oder Karotten versuchte, alles verfaulte. Jeden Winter wurde der Garten zudem vom Swan River geflutet, der über die Ufer trat.

Nach Norden zur Straße hin war das Haus von einer Sandsteinmauer abgetrennt und von einem Blumenbeet, das mit Kängurublumen gesprenkelt war. Die Blumen öffneten jeweils im November ihre purpurroten Knospen. Um einen Teich voller Seerosen wuchsen Goodenien so dicht wie Moos. Ein Ärgernis waren all die Frösche, besonders der Stöhnfrosch, der wie ein weinerliches Nebelhorn klang.

In einer Hütte am östlichen Ende des Gartens lebte zwischen zwei Pferdeställen ein epileptischer Aborigine, der altershalber aus dem Irrenhaus von Fremantle entlassen worden war und den alle nur Buddy nannten. Buddy war offiziell als Hilfsgärtner angestellt, aber er tat den ganzen Tag nichts weiter, als auf den Fersen zu sitzen und Blumen zu betrachten. Er verscheuchte hin und wieder einen Frosch, aber nur für wenige Meter, und dann trottete er davon.

Bob Fraser stand eines Nachmittags im Salon, schaute aus dem Fenster und beobachtete Buddy, der sich die Blüte einer Scheinbeere in den Mund steckte. Louis war gerade dabei, Frasers Glas zu füllen.

»Schauen Sie mal seine Haut an«, sagte Fraser, den Rücken zu Louis, »so ledern, da kommt nur ein Aasgeier durch.«

»Oh«, sagte Louis.

Fraser drehte sich um, hob das Glas vom Tisch und sagte: »Gäbe es in diesem Land bloß Geier.«

Fraser erzählte gern die Geschichte über die Salty Plains, wo er einst mit einem Fährtensucher unterwegs gewesen war. Der Fährtensucher sei ein sechzehnjähriger Junge gewesen, und eines Abends hätten sie über dem Feuer ein Stück Hochrippe am Spieß gebraten, als aus der Finsternis eine Horde Eingeborener gestürzt sei. Diese Kannibalen hätten den Jungen mit einem Stein bewusstlos geschlagen, ihn in eine Mulde aus Sand gelegt, mit dürren Zweigen bedeckt und bei lebendigem Leib gekocht.

»Woher wissen Sie das?«, fragte Louis, »standen Sie daneben?«

Fraser ignorierte die Frage.

»Danach war das Vorankommen etwas mühsam«, sagte er, reckte den Hals und richtete seine Krawatte.

Bob Fraser nahm jede seiner Erzählungen zum Anlass, im Schnelldurchlauf nochmals das größte seiner Abenteuer zu skizzieren, die Expedition von Perth nach Adelaide, und dabei stemmte er die Fäuste in die Hüften:

Im ersten Monat verhungerten alle Hunde, da sie kein Frischfleisch finden konnten. Im zweiten Monat gab es kaum Futter für die Pferde, und die schwächeren Tiere starben. Im dritten Monat mussten die Männer fünf Tage und Nächte durchreiten, da die Vorräte frühzeitig auszugehen drohten. Anfang des vierten Monats fiel der hinterste Mann während eines Sandsturms vom Pferd, sie hörten seine Schreie, aber keiner hatte mehr die Kraft, den Kopf zu drehen – sie sahen nur noch gleißende Blitze an einem Himmel aus Stahl.

»Ist das denn wahr?«, fragte Louis.

»Alles ist wahr, solange es angemessen ist«, antwortete Bob Fraser, während er durch das Fenster Buddy im Auge behielt.

»Manchmal frage ich mich, ob das überhaupt Menschen sind«, er wog den Kopf.

Besucher waren die einzige Abwechslung im Haus des Gouverneurs. Aber sie kamen selten, und die meiste Zeit verbrachte Louis entweder in der Bibliothek, wo er tagelang las, oder am Fenster seines Zimmers, von wo aus er die Straße überblickte. Er fühlte sich eingesperrt. Die Langeweile zehrte an ihm, und Sir Williams Gutmütigkeit weckte seinen Zorn. Blickte er in dieses harmlose Gesicht, wollte er ihm die Augen ausstechen. Er würde sein Leben nicht damit verbringen, anderen zu dienen. Dies war eine Form der Sklaverei, auch wenn sie bequem war und ihn sättigte.

Eines Abends stand Louis am Fenster und beobachtete eine Kakerlake, die über das Fensterbrett kroch. Ihr Körper hatte die Farbe von karamellisiertem Zucker. Er ließ sie in seine Hand krabbeln, klemmte sie zwischen Daumen und Zeigefinger. Er riss ihr die kleinen Hinterbeine aus. Sie zappelte. Als er an den Fühlern zog, brach der Kopf ab. Er hielt ihren Körper über die Flamme einer Kerze, bis der Geruch von Verbranntem den Raum erfüllte.

Louis verbrachte mehr Zeit im Garten. Er sagte, die Hecken würden in alle Richtungen wachsen, der Chefgärtner sei zu sehr mit seinen Kartoffeln beschäftigt und nun müsse er, Louis, nach dem Rechten sehen. Er tat aber nichts weiter, als sich neben Buddy zu hocken.

Buddy hatte ein Rohr, dessen Ende er sich zwischen die Zehen klemmte. Das andere Ende hielt er sich an den Mund, blies hinein und sprach so mit den Ahnen.

Einmal fragte Louis, warum Buddy nicht weggehe, er sei doch ein Nomade, er wisse bestimmt, dass Mauern und Zäune einen Menschen schneller ins Grab brächten als eine Pistole. Buddy stand auf und ging zu seiner Hütte am Ende des Gartens.

Buddy sprach mit niemandem, auch nicht mit Louis.

Es war im Juli 1874, eine kalte und feuchte Zeit, als Bob Fraser aus dem Fenster zeigte und zu Louis sagte: »Diese Neger, die sind auf der untersten Evolutionsstufe stehen geblieben, wie die Affen.«

Er drehte den Stiel seines Champagnerglases und hob den Blick zu den triefenden Bäumen. Blasen stiegen die Glaswand empor, und Regentropfen kullerten die Scheiben hinab.

In dieser Nacht träumte Louis von der Zugfahrt von Solothurn in Richtung französischer Grenze. Er sah nochmals die Büsche neben den Gleisen, die vor dem Fenster auf und ab hüpften, er spürte nochmals Emma Campbells Hand auf seinem Knie. Als er sich umdrehte, saß neben ihm eine Gestalt in Frauenkleidern, aber unter dem Hütchen schaute das Gesicht von Bob Fraser hervor. An seinem Hals hing eine Schleife aus rosarotem Flor, und unter dem Popeline blitzte der gebauschte Tüll des Kragens hervor. Er streckte einen Finger aus, an dem übergroße Goldringe klimperten, zeigte über die Hügel in Richtung Alpen und sagte: »Auch nichts weiter als ein Land voller Affen.«

Louis spürte, wie er vor Zorn errötete; er hatte einen metallischen Geschmack im Mund.

Es regnete nun ohne Ende, und eines Morgens spazierte Sir William um den Teich, in der einen Hand einen Schirm und in der anderen William Blakes *Songs of Innocence*. Bei der Zeile »Does thou know who made thee?« sinnierte er über die, wie ihm schien, raffinierte Wortwahl und über die erquickende Psychologie einer vorangegangenen Metapher. Dann blickte er plötzlich auf. Und diese Geschichte würde er noch lange erzählen: Wie Louis dagesessen habe, so nackt, wie man nur sein könne, auf den Wurzeln von Seerosen herumkauend, das Gesicht mit Asche verschmiert.

Das war der Tag, an dem Sir William klar wurde, dass er einen neuen Butler brauchte.

9

Die Colt Dragoon war warm und schwer. Sie hatte einen Griff aus Walnussbaumholz, und auf der Trommel war eine Art Bison eingraviert und etwas, das wie ein fallender Indianer aussah, aber man konnte die Prägung unter all den Kratzern kaum mehr erkennen. Wenn er den Hahn zurückzog, klickte er zwei Mal. Es war ein weiches Klicken, es klang wie das Abbrechen eines trockenen Zweiges. Das Geräusch war so sanft, er konnte sich kaum vorstellen, dass darauf der Donner folgte. Wenn er den Finger um den Abzug krümmte, klang es, als würden Felsen aus dem Himmel krachen.

Darauf folgte Rauch, und es roch nach Schwefel.

Er drehte den Rücken zum Meer, ging die Anhöhe hinauf zum Haus, betrat sein Zimmer und setzte sich an den Tisch.

Die Trommel der Dragoon war vorne offen. Er schüttete etwas Schwarzpulver in die Kammern. Die Kugel hatte die Größe einer Erbse. Um zu verhindern, dass die Kugel aus der Kammer rollte, legte er sie auf einen Fetzen Stoff, presste sie anschließend mit dem Setzer auf das Schwarzpulver und klemmte die Kugel zwischen dem Stoff und der Kammerwand fest. Er steckte die Zündhütchen auf die Pistons.

Es waren lange Nachmittage, an denen er die Dragoon lud. Er mochte es, die Waffe auf den Tisch zu legen; er musste nur die Hand ausstrecken und sie würde schießen.

Sein Zimmer befand sich auf der Westseite eines ebenerdigen Hauses am Meer. Es gab kein Fenster. Auf dem Boden stand eine leere Flasche Brandy, in deren Hals eine Kerze steckte. Darüber hing an einem Nagel ein Bild von Queen Victoria, mit geplatzten Äderchen im Weiß der Augen. Als Tür diente ein Brett, das man zur Seite schieben konnte. Er schlief auf einem Sack, der mit Stroh und Heu gefüllt war, und manchmal erwachte er nachts, weil er Kuhglocken gehört hatte, aber als er die Augen öffnete, hörte er nur die Wellen, die sich am Strand brachen.

Jeder zweite Bewohner von Fremantle war ein britischer Häftling, jedes zweite Haus ein Bordell, und wer etwas auf sich hielt, trug eine Waffe. Die Leute waren wie er: Ihre Brüder und Schwestern, ihre Mütter und Väter waren weit weg und stammten aus kleinen Häusern, in denen auf schiefen Tischen Holzlöffel neben leeren Tellern lagen.

Louis fühlte sich wieder frei.

Die Tage hatten keine feste Struktur, sie waren wie das Meer, das manchmal aussah wie eine Scheibe, und manchmal, als hätte jemand den Stöpsel einer Badewanne gezogen. Dann verschmolzen die Wolken am Himmel zu einem schwarzen Brei, und der Regen hämmerte auf das Dach. Er legte sich ins Bett und wartete auf die Stille.

Im ersten Monat bekam er einen Brief von Sir William, der sich beklagte, dass Louis weggelaufen sei wie ein Zigeuner. »Ich stelle hier einen kulturellen Unterschied fest, denn ich stamme aus einer Gesellschaft, in der man offen über die Dinge spricht«, schrieb Sir William, und nach diesem Satz zerknüllte Louis den Brief und warf ihn in eine Ecke.

Der Hafen von Fremantle lag auf der anderen Seite eines Sandhügels, fünf Minuten zu Fuß entfernt. Louis saß in den Bars, aber er trank nicht. Er rauchte auch nicht, da der Rauch in seiner Kehle kratzte. Er hörte den Geschichten der Perlenfischer und Goldsucher zu, den Buschgeschichten über fliegende Wombats, boxende Kängurus und sprechende Kakadus, diesen Geschichten, die dem erbarmungslosen Land etwas Paradiesisches gaben. Louis kaute derweil die Blätter der Duboisia, die ihm Buddy gezeigt hatte. Sie sahen aus wie Lorbeer. Kaute er zu viel, ging er zurück in sein Zimmer, legte sich auf das Bett, hielt die warme Hand auf den schmerzenden Bauch und hörte, was in der Stadt geredet wurde. Die Dragoon lag neben ihm auf dem Boden, und wenn sein Arm von der Matratze rutschte wie Butter auf einem heißen Teller, dann fühlte er das warme Walnussbaumholz.

Rupert hatte ihm die Waffe verkauft. Rupert wohnte im Zimmer nebenan. Er war ein Mann von Mitte fünfzig, sah aus wie dreißig und hatte viel Geld. Er wollte in den Perlenhandel einsteigen, aber Fremantle hatte ihn nach unten gezogen. Rupert ließ das Leben hier auf sich tröpfeln wie einen sanften Schauer an einem warmen Nachmittag.

Er teilte sein Zimmer mit Emily. Sie war zwei Jahre zuvor als Dienstmädchen in Australien angekommen, und kaum hatte sie den Fuß auf das Festland gesetzt, war sie davongelaufen. Unter anderen Umständen wäre eine rebellische junge Frau bald ins lokale Irrenhaus eingeliefert und unter den Schutz des morphiumsüchtigen Doktor

Barnett gestellt worden, aber Emily wusste sich zu helfen. Sie hatte Hermelinaugen, einen Schmollmund, und ihre Haare loderten in der Sonne. Wenn sie tanzte, schien ihr Körper aus Wasser gemacht, und ihre Schultern schaukelten im Takt, wie der Balken einer Wippe.

Sie war neunzehn. Sie hatte soeben Ruperts Heiratsantrag angenommen.

Nur Rupert schien nicht klar zu sein, dass Emily und Louis mehr verband als Freundschaft. Sie behauptete stets, Louis sei ihr Cousin, deshalb halte sie seine Hand, aber niemand außer Rupert glaubte es, denn Emily war unmissverständlich britisch, und Louis war etwas, das keiner so recht definieren konnte, aber nicht Engländer.

Wenn sie sich liebten, zog er die Schuhe nicht aus. Danach stand er auf, knöpfte sich die Hose zu und verließ den Raum.

Rupert geriet in eine Schlägerei mit einem Matrosen, der einen Hals hatte wie ein Bulle und Ohren wie angeknabberte Pilze. Danach verbrachte Rupert eine Woche im Bett und sagte schließlich, er wolle seine Pläne mit dem Perlenhandel doch noch angehen. Er kaufte einen Schoner und ließ Louis als Kapitän registrieren. Sie tauften den Schoner auf den Namen Ada. Die Segel waren schwarz vor Alter. Sie wurden von spröden Rattanringen am Mast gehalten. Der Rumpf war von Holzwürmern zerfressen.

Ein alter Perlenfischer, der sich Sweet John nannte, lehrte Louis, den Schoner zu navigieren. Die Jungfernfahrt führte nach Broome, entlang windiger Klippen, wo Wasser schäumte.

Einmal beobachtete Sweet John, wie Louis sich mit den Schoten abmühte. Er sagte: »Auf jedem Schiff braucht ein kleiner Mann einen großen Kumpel, der ihm die Arbeit erleichtert.«

Louis drehte sich zu Sweet John um. Er ließ die Seile aus den Händen gleiten, löste seinen Gurt, die Hose fiel mitsamt der Unterhose auf die Knöchel, und er sagte: »Welcher kleine Mann?«

Fortan vermied Sweet John jegliche Bemerkung zu Louis' Körpergröße.

Als sie zwei Wochen später nach Fremantle zurückkamen, waren Rupert und Emily verschwunden. Sie hatten das Schiff nach London genommen.

10

Da er über das Leben eines Seemanns kaum etwas wusste, kleidete er sich zumindest wie einer: Matrosenhosen aus blau-weiß gestreiftem Segeltuch, schwere Lederstiefel mit Metallbeschlägen und aus dem Kostümverleih ein Dreispitz aus Filz, den er mit Federn des Allfarblori schmückte.

Er fuhr abermals die Küste hoch, diesmal über eine ruhige See, die grün war wie Waldglas, zweitausend Kilometer bis nach Cossack. Aus dem Steuerstand bellte er Befehle an einen Jungen mit hängenden Schultern, dessen Lippen stets ein wenig feucht waren. Der Junge hieß Jacky Jacky und wusste nicht, wie man ein Segel einholt oder einen Anker auswirft, aber er machte Fortschritte.

Jacky Jacky hatte in den Bars von Fremantle seinen Lebensunterhalt damit verdient, Gitarre zu spielen und sentimentale Lieder zu singen, was ihm den Beinamen ›Der weinende Neger‹ eingebracht hatte. Eines Abends hatte Louis ihn in einem Innenhof abgepasst, in der Hoffnung, eine frische Portion Duboisia-Blätter abkaufen zu können. Die beiden trafen sich fortan öfters im Kettlefish Saloon, wo Jacky Jacky von seiner Haft auf der Gefängnisinsel Rottnest Island erzählte, da er angeblich einem Bauern drei Eier gestohlen haben soll, und er erzählte auch, wie sehr er seinen Stamm im Norden vermisse, die Tage auf der Jagd, das Fleisch der Kängurus, das Fleisch der Warane. Louis schlug vor, zusammen nach Norden aufzubrechen, Jacky Jacky brauche nur auf dem Schiff mitzuhelfen und ab und zu nach Perlen zu tauchen, und nach einem oder zwei Monaten dürfe er an Land gehen und zu seinen Leuten wandern. Jacky Jacky war einverstanden und sagte, er habe oben in Cossack zwei Verwandte, die sich in der Kunst des Perlentauchens bestens auskennen würden und bestimmt mitkämen.

Cossack war ein Dorf aus einem halben Dutzend Bretterverschlägen, wo Chinesen in Hängematten dösten, mit erloschenen Opiumpfeifen zwischen ruhenden Fingern. Am Boden lagen Hunde und bissen sich ins Fell, während Flöhe auf ihnen hüpften. Das Amt des Bürgermeisters hatte eine Frau inne, deren Kopf Fliegen umschwirrten und die nur ein gesundes Bein hatte. Das andere Bein war ein Stumpf, der metallisch schimmerte, und Louis glaubte, bei dem Stumpf handle es sich um den Lauf einer Winchester.

Die Verwandten von Jacky Jacky saßen jenseits der Hütten an den Stamm eines Baobabs gelehnt. Um sie herum steckten die Knochen kleiner Tiere im Sand, wie die Stiele seltsamer Blumen. Die Männer trugen keine Schuhe und keine Hemden, nur Hosen. Einer war um die dreißig, mit einer Nase so breit wie sein Mund, er hatte einen Hängebauch und hieß Moody. Der andere hieß Guramarra, sah aus wie siebzig und war schmal wie Schilfrohr. Seine Haare waren weiß und türmten sich in einem Knoten auf dem Kopf. Unter dem rechten Auge hatte er eine Narbe, die aussah wie ein Regenwurm.

Jacky Jacky schien die beiden kaum zu begrüßen, er sagte bloß zwei oder drei Sätze, und am Ende des letzten Satzes sagte er: *njuntugo nura*. Die Männer standen wortlos auf und gingen in Richtung Meer. Louis fragte sich, was die zwei magischen Wörter wohl bedeuteten, und er bewunderte die Art dieses Aufbruchs: Noch nie hatte er Menschen so unbekümmert auf eine Reise gehen sehen.

Aber ein Gefühl sagte ihm, er könne Guramarra nicht trauen. In dessen Blick sah er nur Tiefe und Finsternis. Sein Körper schien zwar kaum aus mehr als Haut und Sehnen zu bestehen, aber ihn umgab auch etwas Unberechenbares, wie eine Raubkatze. Zudem krabbelten Käfer in seinem Haar, und Äste steckten in seinem Bart. Er kam Louis wie ein menschgewordenes Tier vor.

In dieser Nacht verbarrikadierte er sich in der Kombüse, legte sich zwischen Kohleherd und Wasserfässer und versuchte, wach zu bleiben. Das Meer gurgelte, der Rumpf rollte. Als er bemerkte, dass er gleich einschlafen würde, legte er sich die Dragoon auf den Bauch, und sobald er die Augen öffnete, griff er nach der Waffe, rannte den Niedergang hoch, warf die Decksluke zurück, wo das Licht seine Augenlider zuschlug und sich sein Magen wand.

Sie verließen Cossack, und er wusste im ersten Moment nicht, ob sie nach Norden oder nach Süden segelten. Als er auf seinen Kompass schaute, war er sich sicher, das Gerät sei defekt.

Der Morgen war lau. Gegen den Rumpf des Schoners plätscherten kleine Wellen, und die Segel flappten leicht im Wind. Louis setzte sich zu den Männern, die im Schatten der Segel saßen. Er hörte dieselben Wörter wieder: *njuntugo nura*, und er fragte Jacky Jacky, was sie bedeuteten, und Jacky Jacky sagte, es bedeute sehr weit weggehen und nicht mehr zurückkommen.

»Oh«, sagte Louis.

In Guramarras Blick glaubte er nichts als Wut zu erkennen, und als Guramarra das Wort *waipala* ausspuckte, da stand Louis auf und zog sich in die Kombüse zurück.

Am folgenden Morgen erreichten sie eine Bucht, wo das Wasser aussah wie Pfefferminztee. Das Festland war ein halbmondförmiger Strand, und dahinter wogten Baumwipfel ganz sanft im Wind. Die Bäume standen nahe genug, sodass Louis das Rauschen ihrer Blätter hören konnte.

Jacky Jacky und Moody sprangen ins Wasser und tauchten unter. Als sie hochkamen, hatten sie keine Muscheln dabei. Louis stampfte über die Fischung der Deckplanken und versuchte, Guramarra mit vorgehaltener Waffe ins Wasser zu zwingen, aber die Augen des alten Mannes funkelten so seltsam, dass Louis den Tod zu sehen glaubte. Und dann sprach der Alte das Wort *waipala* mit derart leidenschaftlicher Verachtung aus, dass Louis schwindlig wurde.

Am Abend sagte Jacky Jacky, *waipala* sei das Wort für Menschen mit weißer Haut.

Als das mit der Schildkröte passierte, bemerkte Louis, dass die drei Männer keineswegs hier waren, um ihm als Arbeiter zu dienen.

Es war am dritten oder vierten Tag in der pfefferminzgrünen Bucht, als plötzlich Guramarra aufstand, auf das Schanzkleid stieg und ins Wasser sprang. Er schwamm zum Festland, verschwand dort zwischen den Bäumen, und als er wieder am Strand auftauchte, hielt er einen

Speer in der Hand. Louis schaute dem Alten zu, wie er zurück zum Schoner schwamm, den Speer zwischen die Zähne geklemmt. Louis zog die Dragoon. Guramarra kletterte an Deck, ging an Louis vorbei, befestigte ein Seil am Ende des Speers, hob den Speer über den Kopf und blieb stehen. Er stand den ganzen Tag so da. Am Abend schleuderte er den Speer ins Wasser.

Unter der Wasseroberfläche zappelte ein Tier. Louis konnte zwei Flossen sehen. Moody griff über das Schanzkleid ins Wasser, aber er bekam die Flossen nicht zu fassen. Jacky Jacky und Guramarra zogen am Speer, bis er knackte, und dann kam ein hügeliger Panzer zum Vorschein. Louis rannte in den Achterpiek, um sein Schnappmesser zu suchen, damit er der Schildkröte den Hals durchschneiden konnte, aber als er zurückkam, hing ihr Kopf schon herab, und Blut lief aus ihrem Mund, und ihr fehlte jetzt ein Auge.

Guramarra nahm Louis das Messer aus der Hand; Louis wollte protestieren, solche Dinge seien seine Aufgabe, er sei schließlich der Kapitän, aber dann sagte er nichts, denn er wusste nicht, wie man eine Schildkröte zerlegt, wie man sie kocht oder welche Teile man essen kann.

Der alte Mann schnitt dem Tier den Kopf ab. Er zog den Magen heraus. Er zog am Darm, der weiß war, und dann presste er den Darm durch seine rote Faust, und ein grauer Brei trat hervor. Er griff tiefer in die Schildkröte, holte Herz und Niere heraus. Seine Arme waren bis zu den Ellbogen mit Blut beschmiert. Am Strand zündeten Jacky Jacky und Moody ein Feuer an und legten Steine in die Glut, und dann legte Guramarra die heißen Steine in die Schildkröte, zusammen mit duftenden Zweigen und

Blättern. Sie kippten die Schildkröte auf das Feuer, das sofort erlosch. Rauch stieg auf. Das Fleisch war weiß und fettig. Salz fehlte.

Jacky Jacky und Moody jagten jetzt Schildkröten, oder sie rannten durch das seichte Wasser den Strand entlang und spießten Stechrochen auf. Sie hielten den Stachel mit den Zähnen fest und sogen das Gift heraus.

Am Abend saßen sie am Feuer, und Louis fragte sich, worüber sie sprechen mochten. Ihre Wörter schienen ihm ein heilloses Durcheinander von gurgelnden Lauten zu sein, und er konnte keinerlei Ausdrücke erkennen, die ihm vertraut vorkamen. Er wusste nun, dass *woma* Speer bedeutete und dass mit *miliri* der Eukalyptus gemeint war, der überall am Strand wuchs. Er wusste auch, dass *tjelga* laufen war und *motjelga* geradeaus laufen, also musste *mo* gerade oder geradlinig sein und *tjelga* war wohl eine Art Verb. Allerdings klang mitlaufen oder mitkommen dann wieder ganz anders: *yengunbanin*.

Zwar fragte er sich hin und wieder, welch seltsame Wende sein Leben abermals genommen hatte, aber letztlich fühlte sich diese Wende ganz gut an. Weißer Sand kitzelte zwischen seinen Zehen, die Bäume waren hoch und spendeten Schatten, und zwischen ihnen lagen blaue Tümpel, deren Wasser süß und frisch schmeckte. Guramarras Blick jagte ihm durchaus noch Schrecken ein, aber die drei Männer fanden jeden Tag mehr als genug Essen, und sie teilten es mit Louis. Auf den Schoner ging er kaum noch. Er schlief im warmen Sand. Seine Dragoon, das Schwarzpulver und die Kugeln wickelte er in ein Kautschuktuch und versteckte das Bündel im hohlen Ast eines Eukalyptusbaums.

Als er sich überlegte, ob sie nun schon zwei Wochen in der Bucht verbracht hatten, oder drei oder gar vier, da begann er, in der Erinnerung die Tage zu zählen, und bei vierzehn hörte er auf.

Eines Nachts erwachte Louis, als Wind über den Strand peitschte. Im Mondlicht sah er draußen in der Bucht, wie der Schoner am Anker zerrte und auf und ab hüpfte. Die Eukalyptusbäume hinter ihm neigten sich und stießen einen seltsamen Laut aus, der an ein Kreischen erinnerte. In der Dunkelheit fiel ihm die schmale Gestalt von Guramarra auf, der davonspazierte, und Jacky Jacky und Moody folgten ihm. Louis befürchtete, er könnte die drei in der Dunkelheit verlieren. Er trottete hinter ihnen her zu zwei großen Felsen, die aneinanderlehnten.

Sie krochen unter die Felsen. Wolken zogen auf. Regen setzte ein. Der Wind hob Wellen über den Strand. Es fühlte sich an, als säße man mitten im Meer. Louis klammerte sich an die Steine, und dann hielt er sich an schwarzen Armen fest und zitterte, bis sein Kiefer klapperte.

Am nächsten Morgen sah er vom Schoner nur noch zwei Masten, die aus dem Wasser ragten.

Er schrie, rannte im Kreis und sank in den Sand. Da saß er nun, die Arme um die Knie geschlungen, den Kopf gesenkt, und seine Wangen glänzten. Als er den Kopf hob, sah er, wie sich Guramarra mit einem Holzsplitter die Fingernägel säuberte. Jacky Jacky saß daneben und ließ sich Sand durch die Hände rieseln. Moody hockte bis zu den Hüften im Wasser; er rasierte sich mit einer Muschelschale.

So begann die Wanderung: ohne ein Wort und ohne einen Blick zurück.

Die drei Männer marschierten in den Busch, und Louis hatte gerade noch Zeit, um sein Kautschukbündel aus dem hohlen Ast zu holen. Als er das wachsartige Tuch zwischen seinen Fingern spürte, da hatte er das Gefühl, noch nie im Leben so einsam gewesen zu sein.

Sie ließen die Gruppe von Eukalyptusbäumen hinter sich, und jenseits der Bäume war eine öde Senke zu sehen, wo aus roter Erde kniehohes Gras wuchs. Der Himmel war so hoch, dass Louis taumelte. Die Hitze raubte ihm den Atem. Jacky Jacky zeigte zum Horizont und sagte: »Wir bleiben auf der Hauptstraße in dieser Richtung.« Louis schaute sich um, aber er konnte nirgends eine Straße erkennen.

An diesem Abend erreichten sie ein Loch in der Erde, das von Steinen umgeben war. Das Wasser im Loch war braun und schmeckte faul, aber Louis schöpfte es sich aus den hohlen Händen in den Mund, bis nichts mehr da war.

Am nächsten Tag kamen sie zum Ende der Senke, und am Tag darauf überquerten sie die Hügelkette, die sich hinter der Senke erhob. Zu diesem Zeitpunkt kannte Louis das Wort *niinee*, das einen kleinen braunen Vogel mit grauem Kopf bezeichnete, der von den Wasserlöchern aufstieg und dem man auf der Suche nach Wasser folgen konnte, *kapi* oder *kalju* war Wasser, *tjurnu* war Quelle, *tjaualco* war graben und *tjicilco* war trinken.

Hinter der Hügelkette lag eine weitere Senke, und hinter der nächsten Hügelkette noch eine, und dann noch eine.

Jacky Jacky erzählte von *tjucurba*, für das es keine englische Übersetzung gab, das aber eine Zeit bezeichnete, die Jacky Jacky *tjultjultjanu* nannte, lange lange her.

Dieses *tjucurba* schien eine endlose Serie von Geschichten zu sein, die eine Art Landkarte des Kontinents ergab. Wann immer in einer dieser Senken voll roter Erde und bohnengrünem Gras ein großer schwarzer Stein auftauchte, oder ein windschiefer Baum, dann erzählte Jacky Jacky von einem Vorfahren, der sich in diesen Stein oder diesen Baum verwandelt hatte. Am Tag darauf kamen sie zu einem weiteren Stein oder Baum, der dann aber die Ehefrau des Vorfahren war und eine ganz eigene Geschichte hatte. Je weiter sie wanderten, desto mehr Geschichten von Großonkeln und Großtanten erzählte Jacky Jacky, und die Geschichten umhüllten einander wie die Schichten einer Zwiebel.

Das Konzept der Wahrheit schien dabei zweitrangig zu sein, die Banalität der Wirklichkeit vermischte sich mit der Phantasie, und während sich die Farbe der Erde unter Louis' Füßen allmählich von rot zu grau veränderte, fragte er sich, ob Wahrheit für eine Geschichte überhaupt nötig sei. Und so fragte er sich dann auch, ob sein eigenes Leben jemals erzählt würde, und wie sich das wohl anhören könnte.

Am vierten oder fünften Tag – vielleicht war es auch der sechste – wollte Louis von Jacky Jacky wissen, ob sie auf dem Weg nach Cossack seien, und Jacky Jacky schüttelte den Kopf.

Louis nickte und ging weiter.

Sie kamen durch Ebenen, in denen nichts wuchs außer Süßgräser und Büsche von Salzkraut. Wohin sie auch gingen, immer fanden Guramarra, Moody und Jacky Jacky etwas zu essen, was Louis wie ein Wunder erschien. Einmal sagte er zu Jacky Jacky, die Weißen hätten nie in dieses Land kommen sollen, es gäbe hier nichts für sie, und da sah er den Jungen zum ersten Mal lächeln.

Es gab einen Baum, den Jacky Jacky Speer-Baum nannte, der war lang und dünn und etwa zwei Meter hoch, ohne Äste und ohne Krone. Guramarra grub den Baum aus, dann wärmte er den Stamm über dem Feuer, bog ihn gerade und spitzte das dünnere Ende zu.

Warf er den Speer, so traf er ein hüpfendes Känguru aus fünfzig Metern Entfernung mitten ins Herz. Er zog das Jungtier aus dem Beutel, das ein flauschiges Fell hatte, zitterte und versuchte, davonzuhoppeln – es stelzte auf dünnen Beinen durch den Sand, bis Guramarra seinen kleinen Kopf auf einen Stein schlug, und das Leben zappelte ein letztes Mal mit den Beinen, in einer blauen Abendstunde, in der Papageien zwitscherten. Er schnitt mit einem scharfen Stein den Bauch des Muttertiers auf. Im Magen lag eine grüne Paste, und darin kringelten sich weiße Würmer. Die Niere legte er auf den Beutel des Magens, sie sah aus wie ein rot leuchtender Pilz. Von einem Busch knickte er ein Ästchen ab, das etwa fünfzehn Zentimeter lang war, spitzte es zu und schloss das Loch im Bauch wie mit einer Nähnadel. Er warf das Tier auf das Feuer, um das Fell wegzubrennen, dann legte er es in ein Bett aus glühender Kohle. Eine Stunde später war das Fleisch noch rot, und es roch nach Rauch, und wenn die Männer es sich in den Mund schoben, tropfte Blut von ihren Händen.

Entdeckte Guramarra unter einem Busch einen Waran, so rief er nach Moody, und Jacky Jacky, und sie umkreisten den Busch. Manchmal stob der Waran mit erhobenem Kopf davon, und Sandkörner flogen in alle Richtungen, aber manchmal bekamen sie seinen Schwanz zu fassen.

Louis aß so viel Waran, wie er nur bekommen konnte, der Anblick des Tieres ließ ihm das Wasser im Mund zusammenlaufen. Das Fleisch war zäh, und man musste es mit den Fingern zerlegen, aber es war salzig und sehr saftig. Das Fett an seinen Fingern war warm und klebrig. Nachts roch er daran, und das erfüllte ihn mit Freude.

Er war sich sicher, dass sie zwei Wochen gewandert waren, als sie die endlosen Senken hinter sich ließen. Der Boden war nun sandig, aber es war eine seltsame Art von Sand, als wäre er festgedrückt. Dieser Boden federte leicht, und darauf kam man gut voran. Die Landschaft war voll von Büschen und Sträuchern, die immer höher wuchsen, bis sie genug Schatten spendeten, sodass Louis manchmal stundenlang vor der Sonne geschützt war.

Aber diese Landschaft war auch Chaos. Es war ein Chaos aus Ästen, Zweigen und Blättern, und Louis verlor jede Orientierung. Es gab keinen Horizont mehr, den er fixieren konnte. Es gab keine Hügel mehr, die er sich als Ziel der nächsten Etappe setzen konnte. Er sah gar nichts mehr, außer diesen Büschen unmittelbar vor sich. Ihm kam die Gegend vor wie ein Spiegellabyrinth, und wohin er den Kopf auch drehte, es sah links genauso aus wie rechts, jeder Blickwinkel war eine exakte Kopie des anderen. Vorne war hinten, hier war dort, gestern war heute, und heute würde morgen sein. Nur oben und unten konnte er noch unterscheiden, Himmel und Sand. Jeden Morgen erwachte er mit Kopfschmerzen.

Nach einer Weile schien ihm, als würde Jacky Jacky jünger werden. Die hängenden Schultern und die feuchten Lippen passten zu einem kleinen Jungen. Am Morgen hüpfte er von der Stelle auf, wo er geschlafen hatte. Er rannte fort, um Frühstück zu suchen. Stellte ihm Louis eine Frage, hatte er kaum Zeit für eine Antwort, er schien allmählich die Geduld einer Heuschrecke zu besitzen. Auch Moody und Guramarra erfüllte eine seltsame Jugendlichkeit, und in Guramarras Blick flackerte nun hin und wieder etwas Liebliches auf.

Eines Nachts machten sie Rast an einer Quelle, der Mond schien, und Louis ging zum Wasser, um zu trinken, und als er sich über die spiegelnde Oberfläche beugte, da erschrak er. Seine Wangen waren eingefallen, die Augen umschattet. Louis schöpfte sich Wasser ins Gesicht, aber die Falten, die Kerben, die Schatten wollten nicht verschwinden. Louis hob den Kopf und schaute in den Busch und dann abermals auf die spiegelnde Wasseroberfläche, und seine Fassungslosigkeit nahm kein Ende.

Sie gingen über Tonschiefer, bis seine Beine schmerzten und er weiße Punkte vor den Augen hatte. Sie gingen über gelb glänzende Klumpen hinweg, und er war zu müde, um sich zu bücken und sie aufzuheben.

Er wusste nicht mehr, wann sie wohin gingen. Er wusste nicht mehr, wie lange sie bei den Wasserstellen blieben und wie lange es dauerte, bis sie weiterkamen. Er konnte sich nicht mehr erinnern, welches Jahr es war. Er vergaß die Namen der Monate. Er sah die Sonne dotterförmig über dem Horizont hängen, als wäre sie dort festgeklebt. Er sah nackte Körper im Schein des Feuers, starr wie auf einer Fotografie. Er sah reglose Tiere in einem Bett von Asche.

So schluckte ihn die Welt.

Die Sonne wärmte.

Die Sonne brannte.

Die Sonne quälte.

Das Wasser sprudelte.

Das Wasser floss.

Das Wasser tröpfelte.

Er diente niemandem mehr, aber so hatte er sich das nicht vorgestellt. Er sank in stille Einsamkeit und wusste nicht, warum.

Und dann, ganz plötzlich, sah er zum ersten Mal wieder richtige Bäume. Sie hatten weiße Stämme und staubgrüne Blätter, standen dicht beieinander, und in ihren Wipfeln zwitscherten Vögel. Die Bäume durchschnitten die Landschaft in einer seltsam exakten Linie. Über die Wurzeln hinweg führte ein Trampelpfad, und in der Ferne waren fröhliche Stimmen zu hören. Der Pfad führte zu einem kleinen See, über den sich Eukalyptus neigte. Das Wasser hatte die Farbe von milchigem Tee. Rostrote Libellen summten in der Luft und sahen aus, als würden sie auf dem Wasser tanzen. Kinder badeten, und ihre Haut glänzte schwarz wie Lack. Männer ließen sich an Lianen über die Wasseroberfläche schwingen, sie klatschten mit einem Jauchzer in den See. Frauen entfachten am Ufer große Feuer und brieten dicke Tiere. Adler kreisten am Himmel.

In diesem Moment war Louis, als wäre er heimgekommen.

11

bacano war aufstehen
yangunbarla war wir gehen
yangunbarla guadin war wir gehen jagen
ngamo war nahe
tjultjul war sehr weit weg oder sehr lange
walare war beeil dich
buringba war langsam oder leise
galaia war Emu
badada war Huhn
malu war Känguru
gingin oder *tjalpar* war ein Baby-Känguru, und das aßen alte Leute, die keine Zähne mehr hatten
banga oder *balabala* war ein gelbbrauner Waran
dilti war ein schwarzer Waran mit einem schuppigen Schwanz, der scharf war wie Rasierklingen, man aß diesen Waran nicht, denn sein Fleisch verursachte starke Kopfschmerzen
bucura darca war tote Knochen oder die Knochen eines toten Lebewesens
juta war Brot, es war sehr süß, und das Mehl wurde aus einem Gras gemahlen, das *munjun* hieß
mata oder *gulju* war eine essbare Wurzel
watawata war eine Bohne

calcula war eine Buscherbse, sie schmeckte nach einer Mischung aus Frucht und Nuss
lungi war eine dicke weiße Made
mingol war ein sehr starker Kautabak, und wenn man diese Blätter aß, wurde einem ganz taumelig
nabberu war tabu, mal war es ein Verb, mal ein Nomen, wie viele andere Wörter auch
tjunna war ein Stock zum Schlagen, und die Schwiegermutter benutzte ihn, um den zukünftigen Schwiegersohn zu schlagen (vier Mal), während er für sie tanzte
ntjupa war ein Partner, ein Freund oder auch eine Freundin
gutjara war ein Paar
gungun war schlafen
tjapo war Baby
uandi war Mädchen
murdila war Junge
ngunytju war Mutter
jagodri war Vater
buyuluru war Sommer oder heiß
yalta war Winter oder kalt
martuwangka war Sprache der Menschen

12

Ihr Name war Yamba.

Ihre Lippen erinnerten an einen Pfirsich, und sie hatte eine Lücke zwischen den Schneidezähnen.

Wann immer sie sich umdrehte, schaute sie, als würde sie auf ihn warten.

Anfangs war sie ihm noch gleichgültig. Aber dann bemerkte er, dass er den Blick nicht von ihr abwenden konnte. Eines Abends lehnte er sich an sie und vergrub den Kopf im Ballen ihrer Haare. Jacky Jacky kam und sagte, das dürfe er nicht. Louis fragte, warum. Eine Frau würde ihm gegeben, sagte Jacky Jacky, er dürfe sie sich nicht einfach nehmen.

Am folgenden Abend tat es Louis trotzdem wieder, und Jacky Jacky sah es, aber er schwieg.

Yamba sprach Guramarra mit dem Wort *jagodri* an. Louis war jedoch der Überzeugung, dass der alte Mann unmöglich ihr Vater sein konnte. Denn einerseits, überlegte er, sei Guramarra viel zu alt, und andererseits sei es doch schier unmöglich, dass der Mensch, den er überhaupt nicht mochte, blutsverwandt sei mit dem Menschen, den er sehr mochte.

Guramarra nahm Yamba morgens an der Hand, und sie blieben bis zum Abend weg. Kamen sie zurück zum

See, setzte sie sich zu Louis, der am Stamm eines Eukalyptus lehnte und döste. Einmal wollte ihm Yamba etwas über Guramarra erklären, aber er verstand es nicht. Er hatte keine Lust, Jacky Jacky übersetzen zu lassen, denn der hätte bloß zu einem weiteren Vortrag über Stammesregeln angesetzt, der mit einer Liste all der Dinge geendet hätte, die verboten seien.

Ein Tag kam, an dem Guramarra allein wegging. Yamba stupste Louis mit dem Daumen an. Sie wanderten nebeneinander durch die Büsche. Louis wollte ihre Hand ergreifen, aber immer wieder rutschte er ab, als wäre die Hand aus Seife. Yamba klopfte mit ihrem Stock auf die Erde, und als der Klang dumpf und hohl wurde, blieb sie stehen und begann zu graben. Sie grub tief und stieß auf eine wilde Kartoffel, die eine hellgrüne Haut hatte und weißes Fleisch. Er aß sie roh, sie knisterte ein bisschen zwischen den Zähnen, da noch Sand an der Schale klebte. Sie schmeckte wie eine Birne.

Wenn Yamba ihren Stock zwischen die Wurzeln des Karara-Buschs schob und den Busch aus der Erde hob, betrachtete er ihren breiten Rücken, der ihn an den Rücken eines Jungen erinnerte.

Einmal schob sie Louis sanft zur Seite. Er schaute zu Boden und sah nur Wurzeln und Sand. Sie drängte ihn ein Stück weiter zurück. Sie zielte sehr langsam, dann stieß sie ihren Stock durch den Körper eines Skorpions, er faltete sich um die Spitze und fiel ohne ein Geräusch auseinander. Louis hüpfte zur Seite.

Yamba zog eine Made aus der Erde, die so lang und dick war wie ein Mittelfinger. Sie kringelte sich in Louis' Mund, bevor er die Zähne zusammenbiss, und sie schmeckte ein bisschen nach Butter, ein bisschen nach Sahne, ein bisschen nach Nuss.

Er benutzte Yamba, um sich ein Gefühl von Freiheit zu verschaffen. Er wich kaum noch von ihrer Seite. Wirklich wohl war ihm nur, wenn er mit ihr allein durch den Busch wanderte und Kartoffeln, Erbsen und Maden suchte. Anfangs hatte er gedacht, das Leben der Jäger könnte ihm behagen, aber dazu hatte ihm dann der Ehrgeiz gefehlt. Schon im ersten Monat nach seiner Ankunft am See hatte er erkannt, dass er nicht schnell genug rennen und nicht leise genug laufen konnte und dass er mit dem Speer rein gar nichts traf, nicht mal einen Baum aus zehn Meter Entfernung. Während er einmal geübt hatte, hatte ein Jäger etwas gesagt, worauf die anderen laut gelacht hatten, und Louis war sich sicher gewesen, das Wort *murdila* herausgehört zu haben. Das hatte er als Angriff auf seine Körpergröße empfunden, er hatte den Speer in den Sand sinken lassen und seither nie mehr einen angefasst.

Trost fand er in Yambas Schweigsamkeit, und auch in ihren Hüften. Auf den Wanderungen schlich er sich von hinten an sie heran und packte diese Hüften, aber stets drehte sie sich um, legte die flache Hand auf seine Brust und streckte den Arm durch. Louis ließ dann den Kopf hängen, worauf Yamba lachte, und dann lachten sie beide und vergaßen die Szene wieder.

Eines Tages tauchte ein alter Mann am See auf. Die Haut an seinen Oberarmen hing herab wie ein Stück Tuch, das über eine Tischkante fällt. Er hatte einen Stock dabei, mit dem er im Sand scharrte, während die anderen im Kreis saßen und ihm zuhörten. Dann begann er zu singen; es regnete.

Wann immer der Mann sang, regnete es am nächsten Tag. Dieser Mann zeigte einmal auf Louis, dann auf Yamba und sagte *nabberu*. Louis machte einen Bogen um diesen Alten, und wenn sich ihre Wege trotzdem kreuzten, senkte Louis den Blick und betrachtete seine Füße.

Gemäß seiner Schätzung hatte er etwa sechs Monate am See verbracht, und da er im Frühling von Fremantle aufgebrochen war, musste folglich nun Herbst sein. Die Nächte wurden merklich kühler, und er schaute mit einem Bangen dem Winter entgegen. Jacky Jacky hatte erzählt, zu *yalta* friere regelmäßig das Wasser, wenn nicht im See, so zumindest in den Wasserlöchern, und bloß tagsüber werde es warm. Die Menschen am See trugen keine Kleider, Louis war der Einzige in Hemd und Hosen und Schuhen, aber er befürchtete, diese Sachen wären ihm nicht warm genug.

Er unternahm einen halbherzigen Versuch, in die nächste Ortschaft zu wandern, obwohl er keine Ahnung hatte, wo die liegen könnte. Er folgte einem Flussbett, aber zwei Stunden später stand er am Rand einer Salzwüste, die sich bis zum Horizont hinzog, und da wusste er, dass das die falsche Richtung gewesen war.

Yamba schaute kaum auf, als er sich wieder neben sie setzte. Sie flocht einen Zopf aus Rindenfasern, band einen Knochensplitter fest und legte die Kette Louis um den Hals. Er schaute in ihre schwarzen Augen, und aus seinem Mund kamen Wörter, die sie nicht erwiderte.

Er fühlte sich verloren. Aber als er sich überlegte, nach welchem Ort auf der Welt er sich sehnte, so kam ihm nichts in den Sinn. Er warf den Kopf in den Nacken und schluchzte, so laut er konnte, und er war dabei überrascht, wie gut sich das anfühlte. Dann spürte er Yambas Finger zwischen seinen Haaren, spürte ihre Fingerkuppen, die seinen Hals entlangwanderten, und er sah ihre Pfirsichlippen, die sich seinem Gesicht näherten, langsam, sehr langsam, bis sie vor seinen Augen verschwammen, da sie so nahe waren.

Er sagte: »Ich gehöre zu niemandem«, sie erwiderte nichts, denn sie verstand ihn nicht, aber das schien ihr auch nichts auszumachen.

Jacky Jacky drehte sich nun weg, wenn er Louis kommen sah. Setzte sich Louis abends in seine Nähe, schaute Jacky Jacky in den Himmel, als hätte er eine Sternschnuppe gesehen.

Es gab Momente, da hatte Louis das Gefühl, in Frieden zu leben. Er spürte die Ruhe, die geregelte Tage mit sich bringen. Er schaute den Kindern zu, die nackt um den See hüpften. In seiner Vorstellung war er ein Robinson Crusoe, einer, der in Baumhütten lebte, in Hängematten schlief und dem die Eingeborenen die Früchte ihrer Arbeit heimbrachten. Aber es dauerte jeweils keine Stunde, bis er bemerkte, dass da keine Baumhütten und keine Hängematten waren und keine wilde Idylle.

Nachts musste er nun immer näher ans Feuer rücken, um nicht zu frieren, und während dieser Winterzeit malten sich die Männer eines Morgens schwarze Kreise auf die Brust, weiße Striche auf die Arme und rote Schlieren auf den Rücken und versammelten die größeren Jungen um sich. Louis gesellte sich zu ihnen, aber sie schickten ihn weg. Sie gingen in den Busch und blieben fort, bis der Mond zur Sichel wurde. Als sie wiederkehrten, waren die

Jungen keine Jungen mehr, sondern Männer: Ihnen fehlte ein Schneidezahn.

Louis durfte diesen Männern nicht zu nahe kommen, wenn sie das Blut von Emus in hölzerne Schalen gossen, hineinspuckten und den Saft mit Baumharz vermischten und dann in Höhlen verschwanden und mit farbverschmierten Fingerkuppen zurückkamen. Einmal schlich er ihnen hinterher und sah sie seltsame Figuren an die Felswände malen, was wie ein religiöses Ritual wirkte. Als er sich umdrehte, stand Jacky Jacky hinter ihm, und seine Augenlider zuckten vor Zorn.

All die Regeln, die Geheimnistuerei, das ganze Leben an diesem See: Es begann ihn allmählich zu langweilen. Er schaute Yamba zu, wenn sie etwa mit einem jungen Jäger scherzte, der eine Rautenpython auf den Schultern trug, und er war überrascht, dass er nicht eifersüchtig wurde. Schließlich langweilte ihn sogar der Winter, da es nun nichts mehr gab, wovor er sich fürchtete.

Immer öfter dachte er an die Buntglasfenster, Tapeten und Seidenkissen in Emma Campbells Haus in London. Er hätte nichts davon besitzen wollen, denn dann wäre er sich wie ein Dieb vorgekommen. Aber er sehnte sich nach dem Zugang zu der Welt der Seidenteppiche und Paraffinlampen. Noch heute, in dieser Landschaft voller Kängurus und Warane, hörte er das Klimpern der Lenkrollen an den Servierwagen und sah den Dampf heißer Teller unter silbernen Glocken aufsteigen. Trotz seiner Abneigung gegen Bob Fraser bewunderte er den Mann dafür, wie er mit der Leichtigkeit einer Schwalbe zwischen Busch und Gouverneurshaus hin und her pendelte und sich niederließ, wo es ihm gerade gefiel.

Bob Fraser war eine Art Ideal, aber je länger er darüber nachdachte, galt seine Verehrung nicht dem wahren Bob Fraser, mit seiner unerträglichen Überheblichkeit und seinem champagnergefluteten Leben, das letztlich genauso langweilig war wie jenes von Sir William Stevenson. Geradezu ehrfürchtig dachte er aber an das Bild, das Bob Fraser in ihm hinterlassen hatte: ein Fels in der Wüste, umtost von einem Sandsturm. An diesem Bild haftete etwas Ewiges.

Louis verlor das Interesse daran, mit Yamba Wurzeln und Maden zu suchen. Früh am Morgen schickte er sie fort, und er verbrachte die Tage unter den Bäumen und drehte die Dragoon zwischen den Fingern. Hatte Yamba am Abend nicht genug Essen dabei, schimpfte er und deutete mit dem Finger in den Busch.

Er schloss nun die Augen, wenn die Beine der Tiere hilflos in der Luft zappelten und nackte Männer mit spitzen Steinen Schädelknochen zertrümmerten.

Reichte ihm Guramarra eine Handvoll blutendes Fleisch, spuckte Louis vor der alten Hand in den Sand.

Als er einmal nachts nicht schlafen konnte, schlich er sich zu den Speeren des alten Mannes, warf sie ins Feuer und legte sich wieder hin. Er schaute den Flammen zu, die wuchsen und in die Baumkronen züngelten. Am nächsten Morgen suchte Guramarra unter den Büschen seine Jagdgeräte. Louis veranstaltete einen kindlichen Singsang: »Wo sind die Speere? Wo sind die Speere?«, aber der Einzige, der ihn verstand, war Jacky Jacky, und Jacky Jacky sagte: »Der Speer ist der Stolz des Mannes«, und dann drehte er den Kopf weg, um fortan nie wieder mit Louis zu sprechen.

Louis äffte die Kinder nach, die weinten, wenn es nicht genug Maden für alle gab. Yamba lachte immer seltener und wurde immer dicker. Blickte Louis auf Yambas dicken Bauch, huschte ein Anflug von Panik über sein Gesicht. Er stolzierte davon, und man hörte aus der Ferne ein schrilles Krächzen:

Zum z'Vieri heimer Guguhöpfli gha
mit hundert tuusig Hosechnöpfli dra.
Hei ju hei, hei ju hei do simer dehei
ufde Bärge hei ju hei.

Dann kam der Tag, an dem er ohne ersichtlichen Grund zu Boden stürzte und sich nicht mehr erheben konnte. Und das war das Letzte, woran er sich für lange Zeit erinnern würde:

Eine schwarze Schlange kam und legte sich um seinen Hals wie der Arm einer Geliebten. Sie zog sich immer enger zusammen, und er fragte sich, warum er noch Luft bekam. Sie hob ihn hoch über die Büsche, über die Bäume, bis zu den Wolken. Schaute er hinunter, so sah er die Erde glitzern. Es sah aus wie Flüsse voller Gold. Er versuchte, sich aus dem Griff der Schlange zu winden, aber er war zu schwach. Dann plötzlich war der Würgegriff weg, er fühlte sich frei und leicht. Im nächsten Moment bemerkte er, dass er in die Tiefe stürzte.

Ein starker Wind kam auf und trug ihn mit sich. In der Ferne konnte er noch das Glitzern erkennen, aber es verschwand allmählich aus seinem Blickwinkel. Er fiel zu Boden. Er konnte nichts mehr sehen. Erst dachte er, er sei erblindet, aber dann brannten seine Augen, und er fühlte mit den Fingerspitzen Sandkörner in seinem Gesicht. Er versuchte, sich den Sand aus den Augen zu reiben, aber die Finger drangen immer weiter in seinen Kopf, und seine Hände versanken im Sand. Als er die Hände herauszog, rieselte der Sand aus seinem Kopf und flutete über seinen Körper zu Boden. Er fühlte den Sand steigen, erst bis zu den Knöcheln, dann bis zu den Knien, zu den Hüften, zum Bauch, bis zu den Schultern, und er warf den Kopf nach links und rechts, um nicht zu ertrinken.

Als er wieder zu sich kam, waren seine Finger zusammengeknotet, und zwischen seinen Armen wuchs ein Baum. Er konnte sich nicht erinnern, das Wachsen des Baums bemerkt zu haben. Hinter dem Baumstamm nahm er eine Hexe mit zottigen Haaren wahr, von deren Haut trockener Lehm abblätterte. Sie stieß Schreie aus wie ein brennender Vogel. Sie wedelte mit Zweigen über einem schwelenden Feuer. Rauchsäulen stiegen empor, und sie hatten die Form von Menschen. Die Rauchmenschen marschierten mit riesigen Schritten über das Land und spien Glut, bis jeder Baum loderte.

Er schaute an seinen Beinen hinunter und sah, wie sich das Fleisch von den Knochen löste. Er erkannte seine Füße nicht mehr, die aussahen wie die Klauen eines Greifvogels. Er wimmerte: »Meine Füße, meine Füße!«, und da kam die schwarze Schlange zurück und zerrte ihn wieder in den Himmel hoch. Er strampelte, spuckte, schrie, und sie zog sich immer enger zusammen.

Jetzt bekam er keine Luft mehr. Aber er hatte Flügel.

Ein Jahrzehnt später würde ein gewisser Pater Domenico, ein Benediktinermönch aus dem sechshundert Kilometer entfernten Kloster New Norcia, nördlich des Lake Way auf eine Gruppe Aborigines treffen. Die Aborigines würden erzählen, hier sei schon einmal ein Fremder gewesen. Sie hätten ihm eine Ehefrau gegeben, und diese Ehefrau habe eine Tochter geboren, die weder schwarz noch weiß gewesen sei. Aber dann sei dieser Fremde krank geworden, erst im Körper, dann im Geist. Niemand dürfe seinen Namen mehr aussprechen, er sei jetzt *nabberu*.

Dieser Fremde sei spurlos verschwunden. Wahrscheinlich sei er tot.

Auf der Höhe von Cue traf Pater Domenico dann aber auf einen einbeinigen Goldsucher, der zwar alt und senil war, sich aber dennoch zu erinnern glaubte, ein halb nackter Weißer sei eines Tages aus dem Busch gekrochen und habe sich zu ihm ans Feuer gesetzt, fast wahnsinnig vor Durst.

Etwas südlich von Wubin soll dieser Weiße einer betagten Bäuerin Wäsche von der Leine geklaut haben, und als sie ihn mit der Schrotflinte in der Hand zur Rede stellen wollte, habe er wirres Zeug zu plaudern begonnen, von abstrusen Abenteuern.

Der Mönch archivierte seine Reisenotizen in der Bibliothek des Klosters, aber dort verstaubten sie mit den Jahren und wurden allmählich vergessen.

13

Am 26. Juni 1961 schrillte um fünf vor sieben Uhr ein Wecker durch die trockene und buschige Ebene außerhalb von Wiluna. Old Lady Long war seit zwei Stunden wach. Sie hatte durch das offene Fenster den weißen Strich über dem Horizont beobachtet, der nach oben hin blau wurde, darunter schälten sich die Umrisse von Büschen und Sträuchern aus dem Hintergrund. Als der Ringsittich zu singen begann und seine grünen Flügel ausbreitete, wurde die Welt orange. Jetzt loderten die Spitzen der Mulgabäume im Licht der aufgehenden Sonne. Ein sanfter Wind wehte. Die Blätter des Eukalyptus raschelten, als wären sie aus Papier.

Heute würde sie auf eine Reise gehen, die weit weg führte, auf einen fernen Kontinent. Sie knöpfte das Rüschenhemd zu und steckte sich die Porzellanbrosche an. Im Spiegel prüfte sie den Sitz der Kragenspitzen, und da bemerkte sie, dass ihre Finger zitterten.

Sie warf einen Blick auf ihre kurze Aufgabenliste der kommenden Tage. Die Stichworte hatte sie nach dem Grad der Wichtigkeit notiert:

- Geburtsort
- Friedhof
- Henry?

Ihre Handtasche stand auf dem Stuhl neben der Tür bereit. In der Tasche lagen zwei Stück Unterwäsche, zwei Paar Socken, eine Tüte Omo, ihr Pass, das Ticket und etwas Bargeld. Sie hängte sich die Tasche über die Schulter und klemmte eine Strickjacke unter den Arm, dann schob sie rasch die Tür auf und ging über den Kiesweg zu ihrem Wagen. Sie besaß einen braunen Ford Falcon mit Frontschutzbügel und Rissen in der Windschutzscheibe.

Beim Wagen traf sie auf den Farmer.

»Alle Zimmer sauber?«, fragte der Farmer.

Old Lady Long nickte und stellte die Tasche auf den Beifahrersitz. Sie setzte sich hinter das Steuer, kurbelte das Fenster herunter und streifte sich die Schuhe von den Füßen. Ihre Füße sahen aus, als wären sie aus Holz, und über dem rechten Knöchel spannten sich gelbe Brandnarben bis zu den Knien. Sie drehte den Zündschlüssel.

»Wir sehen uns in zehn Tagen«, sagte der Farmer.

Sie fuhr die Sandpiste entlang in Richtung Süden. Die Bäume standen so dicht, dass der Wagen die Äste streifte. Die Straße war einige Wochen zuvor geflutet worden und von tiefen Spurrinnen durchzogen, die den Wagen hin und her schaukeln ließen. Sie trat auf das Gaspedal, denn sie war zur Überzeugung gelangt, dass man schlechte Straßen am besten mit Geschwindigkeit überwand.

In Gedanken marschierte sie noch immer durch diese Landschaft, hinter dem Mann her, der die Füße eines Jungen hatte und seltsame Geschichten erzählte: Von Waranen, die in riesigen Höhlen unter der Erde lebten und Ringkämpfe veranstalteten. Es gab Sing-Warane, die Röcke aus Bast trugen und deren einzige Aufgabe es war, die Kämpfer mit schönen Liedern zu begleiten. Es gab

Waran-Könige, so groß und dick, dass sie von niemandem besiegt werden konnten. Sie waren feige und böse und unterwarfen ihre Gegner, indem sie in die Luft hüpften und sich auf ihre Widersacher plumpsen ließen, die sofort starben. Waren die Könige alt und schwach, kamen sie an die Erdoberfläche und ließen sich von den Menschen töten, da sie den Gedanken nicht ertragen konnten, einem anderen Waran zu unterliegen.

Sie konnte sich an keine Zeit erinnern, da er mit ihrer Mutter gesprochen hätte. Oder mit sonst jemandem im Stamm. Als sie noch ganz klein gewesen war, hatte die Mutter einmal gesagt, ihr Vater könne sich nicht an Gesetze halten. Sie wusste nicht, welche Gesetze er gebrochen hatte, aber sie glaubte, es könne nicht so schlimm gewesen sein. Er war immer unter ihnen, auch wenn er nie wirklich da war; er sah aus, als lauschte er fernem Donner und warte auf ein Wunder. Sie liebte ihn, wie man einen Vater liebt. Die anderen Kinder sagten, er könne gar nicht ihr Vater sein, dafür sei seine Haut viel zu hell, und darauf antwortete sie, dann könne Yamba nicht ihre Mutter sein, denn deren Haut sei zu dunkel. Die anderen Kinder ließen nicht locker und sagten, er könne aber trotzdem nicht ihr Vater sein, denn er sei viel zu klein und sie viel zu groß, und da sagte sie dann nichts mehr.

Oft spielten sie König, dann war er ein großer Herrscher und sie die Prinzessin. Er saß auf seinem Thron aus Steinen und trug eine Krone aus dürren Zweigen. Ihre Untertanen veranstalteten Feste für den König und seine Tochter, und sie war sich sicher, die stampfenden Fersen der Tänzer im Sand zu hören. Sie schützten sich vor Dieben, indem sie verzauberte Stöcke an magische

Orte legten und sie mit geheimnisvollen Sprüchen segneten. Ihre Feinde aßen sie auf, was sie einen schrecklichen Gedanken fand, aber es war ja nur ein Spiel.

Manchmal hörte er nicht mit den Spielen auf, wenn sie am Abend mit den anderen am Feuer saßen. Er jaulte Befehle, die von niemandem ausgeführt wurden, er stolzierte umher mit seinem Zepter aus Holz, und sie senkte den Kopf und rutschte immer weiter weg vom Feuer in die Dunkelheit.

Am nächsten Tag würden sie wieder allein in den Busch wandern, wo sie Beleidigungs-Wettkämpfe veranstalteten, bei denen es darum ging, einen Feind mit Schimpfworten unschädlich zu machen. Ziel war es, die hässlichsten Wörter zu erfinden, die einem in den Sinn kamen. Am meisten Punkte bekam, wer auf die Organe zielte und das Herz oder die Leber seines Gegenspielers als verrottet und vergiftet bezeichnete. Da stand er dann vor Büschen und Sträuchern und ließ einen Schwall von Flüchen niederprasseln, und irgendwann wurden die Verwünschungen so abstrus, dass sie sich den Bauch hielt vor Lachen und rückwärts in den Sand fiel.

In ihrem eigenen Stamm genossen die Poeten die höchste Wertschätzung. Gedichte waren eine Währung, damit konnte man Essen kaufen. Verse mussten voller Inbrunst vorgetragen werden, je besser die Vorstellung war, desto mehr stieg der Wert. Er erklärte ihr, wie man mit Silben und Reimen Rhythmus schuf. Ihre Gedichte trugen sie Felsbrocken vor, die Jason, Scott oder Robert hießen, und sie war sich sicher, dass sie das Klatschen dieser Männer hörte.

Old Lady Long bog in den Gunbarrel Highway ein und fuhr die dreißig Kilometer nach Wiluna hinein. Die

Ortschaft war eine lose Ansammlung von Blechhütten, über die stets ein trockener Wind hinwegfegte, und Sandkörner kratzten an den Fenstern. Sie konnte sich noch an die Zeit erinnern, als hier kein einziges Haus stand. Aber dann, wenige Jahre, nachdem ihr Vater verschwunden war, kam zuerst ein Mönch und dann ein Mann auf einem Pferd. Dieser Mann fand an Weihnachten 1897 ein Stück Gold, das so groß war, dass er es nicht in seine Tasche stecken konnte. Die Weißen kamen in Scharen. Da war eine Frau, die alle nur ›Die langstielige Schaufel‹ nannten und die gern von einem Bett ins nächste hüpfte, bis sie eines Nachts auf dem Heimweg in einen Bergbauschacht fiel und starb. Da war ›Tom die Hose‹, der seine Kleider hauteng trug, so eng, dass er die Hilfe eines Jungen brauchte, um sie auszuziehen. Für diese Arbeit tolerierte er nur die hübschesten Jungen, und irgendwann musste er dafür ins Gefängnis. Da war ein Mann namens Parcival Lionel Strauss, dessen Eltern Deutsche waren und der immer behauptete, von einem berühmten Musiker abzustammen. Irgendwann wohnten neuntausend Leute hier, es gab vier Bars, und die waren jeden Abend so voll, dass die Betrunkenen am Tresen nicht umfielen, da sie in der Menschenmenge festklemmten.

Die Weißen hatten viel zu reden gegeben im Stamm, und irgendwann wurde entschieden, dass man in diese Häuser ziehen würde, in denen stets helle Lichter brannten. Sie wanderten die acht oder neun Kilometer von ihrem See zur Stadt. Kurz darauf kamen Männer mit gebügelten Jacken und Frauen mit weißen Hauben und holten die Kinder ab, brachten sie in den Süden. Old Lady Long erinnerte sich noch gut an ihr schreckliches Heimweh nach den Büschen und dem Sand, aber sie mochte die englische Sprache, die in der Missionsstation gesprochen wurde. Sie konnte sogar noch den Lieblingssatz ihres Vaters zitieren: »I was born in the year 1632, in the city of York, of a good family, though not of that country.«

Sie wollte schreiben lernen, was er sehr gut beherrscht hatte. Stolz durchflutete sie, als sie zum ersten Mal einen Bleistift in der Hand hielt und einen blassen Strich auf Papier zog. Das Erste, was sie aufschrieb, war eine Liste. Sie hatte drei Punkte:

– Wo ist er hingegangen?
– Lebt er noch?
– Denkt er an mich?

Die Liste wurde immer länger, und ein Jahr später füllte sie ein ganzes Heft. Sie konnte nicht aufhören, ihren Vater in Listenform festzuhalten.

In Wiluna bog Old Lady Long in die Hauptstraße nach Leonora ein, und sie schaute nach links, dort lagen die alten Goldgruben, die so groß waren, dass man darin bestimmt hätte den Mond vergraben können. Sie lagen verlassen da, die Goldsucher waren längst weitergereist.

Nach dreißig Kilometern lenkte Old Lady Long den Wagen auf einen Weg aus Sand, der in südwestlicher Richtung verlief. Sie fuhr ein wenig zu schnell, und der Fahrtwind kippte ein Schild um, auf dem »Road Closed« stand.

Die Straße hatte keine Kurven und führte geradewegs zum Horizont. Im Rückspiegel konnte sie nichts erkennen, eine Wolke aus rotem Staub stieg empor. Links und rechts der Straße wuchsen Stachelkopfgräser. Unter einem Busch kauerte ein Waran, und in der Ferne wackelte ein Känguru mit den Ohren.

Kurz nach zehn Uhr erreichte sie die Ortschaft Sandstone. Sie fuhr am Hotel vorbei, wo sie ihre erste Stelle als Putzfrau bekommen hatte. Die Fenster waren zugenagelt, und sie lief um das Haus herum zur Rückseite, wo die Küche gewesen war. Sie stieß die alte Küchentür auf. Schräge Lichtsäulen durchzogen den Raum, und in den Säulen tanzten Staubkörner. Sie blähte die Nasenflügel, konnte aber nur altes Holz riechen. Im nächsten Moment war da der Anflug eines Nelkengeruchs, aber der stellte sich als Täuschung heraus.

In diesem Raum hatte ihr der irische Koch einen Teller voll Irish Stew gereicht, als sie mitten in der Nacht mit wunden Füßen und zerkratzten Schienbeinen ankam, nach einem langen Marsch durch den Busch, weg von den Missionaren. Der Koch war ein guter Mann gewesen, der tat, was er konnte, aber nicht bekam, was er wollte, und der eines Tages mit ihr nach Norden ritt, sie beim Farmer absetzte und sagte, er würde zurückkommen.

Der Farmer wollte eine Ehefrau, die er nicht anfassen musste, und das gefiel ihr. Während sie auf den Koch wartete, von dem sie wusste, dass er niemals wiederkommen würde, ging sie ihren häuslichen Pflichten nach. Sie bestellte aus Perth einen modernen Herd, den der Farmer in die Küche einbaute. Sie zimmerte eigenhändig einen Schrank und zwei Betten. Sie nähte Vorhänge, stopfte Kissen und baute im Garten ein Hühnergehege.

Und dann kam die Kiste.

Sie war aus Brettern zusammengenagelt, und auf den Deckel hatte jemand mit roter Farbe das Wort »Fragile«

geschrieben. Im Nachhinein schien ihr dieses Wort ziemlich ironisch. Der Absender war eine Adresse im englischen Cornwall, wo die Familie des Farmers lebte. In der Kiste lagen hübsch aufeinandergestapelt Tassen und Teller aus Wedgwood-Porzellan. In einer Mahagoni-Truhe lag so viel Boyton-Besteck, dass man eine Gesellschaft von einem Dutzend Personen mit Gabeln, Messern und Löffeln hätte ausstatten können – auf jeden Fall mehr Gäste, als diese Farm je beherbergen würde.

Jedes der Erbstücke war in einer Zeitungsseite eingewickelt, damit es auf der Reise nicht zerbreche oder zerkratze.

Es dauerte mehrere Tage, bis sie alles ausgepackt hatte, und die Zeitungsseiten strich sie glatt, denn sie dachte, sie könne sie später nochmals nutzen.

Old Lady Long stoppte ihren Wagen mitten auf der Straße. Sie notierte:

- So zerknittert
- So verzweifelt

In Paynes Find begann die befestigte Straße in Richtung Süden, und sie drückte auf das Gaspedal. Das Auto rauschte, bis sie das Gefühl hatte, sie sei taub. Das Armaturenbrett klapperte. Die Metallringe an ihrer Handtasche klimperten. Auf der Höhe von Jibberding musste sie einem Känguru ausweichen, das von einem Lastwagen überfahren worden war. Es sah aus, als würde es friedlich träumen, in einer Pfütze aus Blut.

Die Zeitungsseiten hatten das Datum 10. Juli 1921 getragen, und einen Tag vorher war in London offenbar ein Mann gestorben, dessen zerknittertes Gesicht nun aus einem Rahmen von Textblöcken guckte. Er hatte einen traurigen Blick und einen langen Bart, und es dauerte einige Minuten, bis sie wusste, wer es war.

Da sank sie zu Boden, und ihre Arme waren so schwach, dass sie das Papier nicht von sich stoßen konnte.

Als der Farmer am Abend die Küche betrat und kein zubereitetes Essen vorfand, raffte sie die Seiten zusammen und versteckte sie unter ihrer Matratze. Manchmal holte sie die Zeitung hervor, um sie zu lesen, aber oft schaffte sie nur einen einzigen Satz. Es dauerte mehrere Tage, bis sie am Ende des Artikels angelangt war.

Da stand nun, was passiert war, nachdem er sie verlassen hatte.

Sie erzählte nichts von ihrer Entdeckung. Und sie hoffte, sie würde dieses unheilvolle Papier irgendwann vergessen. Aber es passierte nicht. Jeden Tag dachte sie an den Mann mit dem traurigen Blick, und er sprach mit ihr, Jahr für Jahr. Er erzählte ihr lustige Geschichten über seltsame Tiere, und sie musste lachen, obwohl sie weinen wollte. Sie unterhielten sich durch Handzeichen in ihrer Gebärdensprache, was oft damit endete, dass es die seltsamsten Missverständnisse gab. Sie übten zusammen Handstand und Spagat, beides war in ihrer Welt eine göttliche Kunst. Sie sangen ein kurioses Lied, das er Jodeln nannte und von dem er sagte, es würde in seiner Heimat benutzt, um feindliche Stämme in die Flucht zu schlagen. So sehr sie ihn abzuschütteln versuchte, es gelang nicht, er hatte sich in ihrem Kopf festgesetzt.

Die Jahre verstrichen, sie kochte, wusch und bügelte, und wenn die Hühner mal wieder Vogelmilben hatten, band sie sich die lederne Metzgerschürze um, wetzte das

Beil, und es gab wochenlang marinierte Schenkel und Flügel zu essen. Mit der Zeit musste sie ihre Kleider um die Hüften herum etwas weiter nähen und die Hosen des Farmers ebenfalls. Im Spiegel entdeckte sie die ersten grauen Haare, während dem Farmer die Haare allmählich ausfielen. Sie klagte immer öfter über Rückenweh und der Farmer über Gicht, und sie verbrachten ganze Sonntage damit, auf der Veranda im Schaukelstuhl zu sitzen und zu schweigen.

Dann aber kam der Tag, als sie für den Farmer nach Perth fuhr, um einige Bücher, Magazine und Zeitungen zu kaufen, und da sah sie im Schaufenster des Buchladens abermals dasselbe zerknitterte Gesicht, diesmal unter dem Titel *Short Man, Tall Tale*. Es war das zweite Mal, dass er in ihr Leben trat, ganz real, in der wirklichen Welt, losgelöst von Erinnerungen. Ein drittes Mal würde es nicht geben. Nun würde sie ihm zuvorkommen. Sie würde das tun, was er versäumt hatte: sich verabschieden. Dafür musste sie ihm gegenübertreten, auch wenn er längst tot war.

Die Sonne ging gerade unter, als Old Lady Long die Außenbezirke von Perth erreichte. Sie fuhr nicht in die Stadt, sondern direkt zum Flughafen. Sie schlief etwas abseits des Flughafens in ihrem Wagen, und am nächsten Morgen ließ sie den Wagen stehen und ging zu Fuß zur Abflughalle.

Dann schaute sie auf die Wolken hinunter, die graue Kreise auf die Erde warfen. In Sydney sah die feuchte Landebahn aus wie Glas. Sie fuhr mit dem Bus in die Stadt und mit der Bahn bis nach Newtown.

14

Im ganzen Viertel Newtown hieß es, Pete Whittle habe noch nie im Leben Glück gehabt.

Als südlich von Sydney die ersten Goldfelder entdeckt wurden, eröffnete er in der Stanmore Road ein Geschäft für Sichertröge, Schaufeln und Spaten, aber kurz darauf wurde ihm klar, dass die Leute ihre Geräte lieber vor Ort kauften, und er musste den Laden schließen. Dann starb seine Frau mit nur dreißig Jahren an Herzversagen. Da viele Goldsucher krank in die Stadt zurückkehrten, spezialisierte er sich auf alternative Heilmittel, sie stellten sich aber als unwirksam heraus. Er eröffnete eine Bar, und sie lief gut, bis das Gesundheitsministerium kam und die Tür verriegelte.

Seine Tochter Anne hatte die Idee, einen Laden für Kinderspielsachen aufzumachen. Pete Whittle sagte, das sei eine schlechte Idee, die Leute würden ihre Spielsachen selbst basteln. Anne sagte, das ändere sich bald, zudem werde es immer kleine Kinder geben.

Sie dekorierte das Schaufenster mit den roten Telopea-Blüten aus dem Garten und mit einer Blume, die überall am Straßenrand wuchs und aussah wie eine gelbe Orchidee. Ihr Vater investierte sein letztes Geld in Holzreifen, Stelzen, Malstifte, farbige Murmeln und kleine Schafe auf Rädern. Seine Tochter stellte alles ins Schaufenster. Im Laden gab es wenig zu sehen außer einer Theke und Anne, die auf Kundschaft wartete. Neben der Kasse stand ein Glas voll Karamellbonbons. Es war Herbst 1893.

Da begann eine kleine Gestalt um den Laden zu streifen.

Anne war achtzehn Jahre alt, und sie war zwar nicht besonders groß, aber sie galt im Viertel als überaus hübsch. Sie hatte einen Glanz in den Augen, der einem Mann die Illusion vermittelte, sie würde mit ihm sofort bis ans Ende der Welt durchbrennen. Sie trug die Haare kurz, hatte lange schmale Finger und einen Hang zu schwärmerischen Ideen.

Eines Tages wirbelte die kleine Gestalt in den Laden, ließ ein Knäuel Rosenköpfe aus der Muschel seiner Hände regnen, fiel auf die Knie und sagte: »Wollen Sie mich heiraten?« Ohne eine Antwort abzuwarten, hüpfte die Gestalt auf, drehte sich um die eigene Achse und war verschwunden.

Er kam am nächsten Tag zurück und brachte ihr Hortensien und sagte, das seien die Blumen seiner Heimat.

»Lieber heirate ich eine runzelige Echse«, sagte Anne.

Beide lachten, und am Tag darauf brachte er ihr eine Schachtel Pralinen.

Da fragte sie ihn, wo er denn herkomme, und er sagte: »Aus der Wüste«, und sie sagte, das sei aber weit weg, und er sagte: »Ich habe mich von Wasserloch zu Wasserloch geschleppt, nur um mein Leben mit dir zu teilen«, und da schüttelte sie den Kopf und tätschelte seine Hand.

Er holte sie nun jeden Sonntag ab, und sie fuhren mit der Straßenbahn nach Circular Quay. Er kaufte ihr Himbeereis, zeigte auf die verschiedenen Schiffstypen und erzählte überdrehte Geschichten von acht Jahren in irgendeiner Wildnis. Er beschrieb die Zeit als »wundervollen Albtraum«, und wenn er das sagte, funkelten ihre Augen.

Es dauerte zwei Monate, und sie standen in der Kirche und sagten Ja.

Im folgenden Sommer kam Henry de Montesanto zur Welt.

15

In der Stanmore Road konnte Old Lady Long vor lauter Baum das Haus kaum sehen. Die Krone war zerzaust, als hätte jemand die oberen Äste gestutzt, und der Baum wuchs deshalb nicht in die Höhe, sondern in die Breite. Die Tür war von Efeu umrahmt, und davor stand ein hellblauer Rollstuhl, auf dessen Sitzfläche Laub faulte. Vergilbte Zeitungen schauten aus dem Briefkastenschlitz wie ein Strauß Papierblumen.

Hinter einer blinden Scheibe verdorrten Orchideen, deren gekräuselte Blüten zwischen toten Fliegen auf dem Fensterbrett lagen. Ein Vorhang war aufgezogen.

Sie suchte die Klingel zwischen den Efeublättern, dann drückte sie den Knopf und hörte, wie hinter der Tür eine Glocke schrillte. Sie fühlte die Schläge ihres Herzens, als Metallbolzen im Türrahmen knarzten. Ein Spalt tat sich auf, und darin erschien eine Nase. Es war eine alte Nase mit tiefen Poren, aus denen weiße Haare wuchsen.

»Henry de Montesanto?«, fragte sie.

Seine Augenbrauen waren zu einem Balken zusammengewachsen und standen senkrecht ab. Als die Tür weiter aufschwang, fiel Old Lady Long eine zittrige Faust auf, die sich um den Knauf eines Gehstocks schloss. Gemäß ihres Buches *Short Man, Tall Tale* konnte der Mann nicht viel älter als sechzig Jahre sein, aber mit seinem runzligen Walnuss-Schädel und der Körperhaltung eines verkrüppelten Zierbaums wirkte er wie ein Wrack.

Er war zudem außergewöhnlich klein, und Old Lady Long kam sich vor wie eine Riesin.

»Ich bin vom genealogischen Verein«, sagte sie, »ich erstelle Stammbäume«, und sie spürte, wie sie heiße Ohren bekam.

Der Mann schwieg. Für einen Moment kam ihr der Gedanke, er sei schwerhörig. Das hätte alles vereinfacht.

»Brauche ich nicht«, sagte der Mann.

Er hob seinen Stock, wie eine Drohung. Sie drehte sich leicht zur Seite und freute sich schon, dass alles bereits vorbei war, ehe es begonnen hatte, da sah sie, wie der Stock wieder zur Erde sank. Der Mann drehte sich um, träge wie eine Schildkröte, er tapste davon und verschmolz mit der Finsternis im Haus.

»Kaffee steht auf dem Herd«, rief er in den dunklen Korridor.

Im Wohnzimmer waren alle Vorhänge zugezogen. Über einem runden Esstisch brannte eine Lampe, und ihr Lichtkegel fiel auf eine Klöppelspitze, die einen Leiterwagen voller Blumen zeigte.

Der Mann kam aus der Küche mit einer Tasse Kaffee in der Hand. Erst jetzt bemerkte Old Lady Long, dass er einen Mantel aus Frottee trug. Sie schaute auf ihre Uhr, es war kurz vor Mittag. Sie stellte die Handtasche auf den Boden. Als sie den Stuhl zurückzog, beugte sie sich leicht vor und klopfte weiße Katzenhaare vom Polster.

Er holte eine zweite Tasse aus der Küche, und Old Lady Long sah die abgewetzten Hosenbeine seines Pyjamas und dachte, dass in diesem Haus wohl nie eine Nähmaschine ratterte.

Sie versuchte, sich diesen alten Mann als kleinen Jungen vorzustellen, der zu seinem Vater hochschaut und ihn abwechselnd als Vogel sieht, als wilden König, als Regen-Schamanen, Schimpfwort-Weltmeister und Kampf-Jodler. Aber das Bild blieb nicht haften. Es zerbröselte vor ihren Augen und verpuffte wie Dampf.

Eine Armlänge vom Esstisch entfernt stand eine Kommode an der Wand. Auf der Kommode stand ein Foto, und Old Lady Long brauchte nicht lange hinzusehen, um zu wissen, wen es zeigte. Aber als sie sah, was danebenlag, erschauderte sie.

Der Mann setzte sich an den Esstisch und sagte: »Die schießt nicht mehr.«

Er klemmte das obere Ende des Laufs zwischen Daumen und Zeigefinger, und die Colt Dragoon baumelte vor seiner Nase wie ein totes Tier. Als er die Waffe hinlegte, klackte die Trommel auf dem Holz des Tischs. Im Schein der Lampe erkannte Old Lady Long die Gravierungen auf der Trommel: Den Bison und den sterbenden Indianer, beides unter den vielen Kratzern kaum noch auszumachen.

Sie hatte im sterbenden Indianer stets einen Vogel gesehen, der sich von der Erde abstieß und in den Himmel glitt. Er hatte die Waffe immer bei sich getragen. Und nun sah sie ihn ganz klar vor sich, wie er im Sand saß und mit der flachen Hand über den Lauf fuhr. Sie hörte ihn sagen, dies sei die Schlange eines mächtigen Zauberers und spucke tödliches Gift. »Aber sie spuckt nur, wenn man es will.«

Old Lady Long schloss die Augen, und vor ihr stand

die letzte Erinnerung an ihren Vater: Wie das Feuer aus dem Lauf spuckte und Guramarra umfiel und sich nicht mehr regte. Wie sie über die magischen Kräfte des großen Zauberers jubelte und um Guramarra tänzelte. Wie Blut aus dem Kopf des alten Mannes sickerte und sich in den Sand sog. Wie sie merkte, dass dies kein Spiel war, und fortlief, zwischen den Bäumen hindurch, in Dornen trat und sich die Beine an Rinden aufscheuerte. Wie ihre Beine zitterten, bis es ihr vorkam, als würden sie ihr nicht mehr gehören. Plötzlich stand ihr Vater da, und er sah aus wie ein fremder Mann, mit einer roten klebrigen Hand. Er drückte ihren Kopf an seine Schulter, aber ihr war, als könne sie ihn kaum spüren.

Sie wollte vor allen Menschen weglaufen, aber sie fürchtete, sie würde dann noch einsamer werden. Ein Jahr lang sagte sie kein Wort. Sie schaute niemandem in die Augen und hoffte, dass man sie nicht sehen würde. Ihr Vater war weg, aber durch seine Abwesenheit wurde seine Präsenz nur noch stärker: Jede Nacht saß er in ihrem Kopf, und sie stellte ihm Fragen, die er nicht beantwortete.

Sie sprach wieder, als sie herausfinden wollte, was passiert war. Die Mutter schwieg. Die Alten sagten, ihr Vater habe einfach nicht verstanden, nach welchen Gesetzen sie leben würden, und es habe ihn auch nicht interessiert. Er schien unfähig, die Strukturen und Codes zu erkennen, auf denen eine Gesellschaft aufgebaut ist. Eine Zeit lang sei er wohl noch unbewusst über die Regeln des Stammes hinweggetrampelt, aber irgendwann habe er begonnen, die anderen zu schikanieren, er sei zu einer Zumutung geworden, und der Tag sei gekommen, an dem sie beschlossen hätten, ihn zu bestrafen. Die einen wollten eine zeitweilige Verbannung, aber man entschied sich dagegen, denn sie hatten den Fremden als Gast aufgenommen, und einen Gast durfte man nicht vertreiben. Also einigten sie sich auf jene Bestrafung, die eigentlich den Kindern vorbehalten war: Er würde den Köchinnen als Hilfe dienen und die härteste Arbeit verrichten. Als sie sich versammelten und ihn holen ließen, um das Urteil zu sprechen, da sei er in Panik geraten, er habe geschrien, man wolle ihn ermorden, und dabei sei der Schuss losgegangen. Er habe nie verstanden, was das für Menschen seien, unter denen er gelebt habe.

Es dauerte viele Jahre, bis sie es wagte, diese Episode zu Papier zu bringen. Als sie es dann vollbrachte, wurde die Liste zu einer Frageliste, und folgende drei Punkte schrieb sie immer wieder auf:

– Haben die Alten die Wahrheit gesagt?
– Hatten sie ein härteres Urteil geplant?
– Wie konnte er so falsch interpretieren?

»Genealogie?«, sagte Henry de Montesanto, und Old Lady Long schreckte von ihren Gedanken auf.

Der alte Mann griff nach seiner Tasse. Die Hand zitterte. Er legte sie auf den Tisch, als wollte er ihr Zeit geben, sich zu erholen. Als er sie abermals anhob, musste Old Lady Long dem Drang widerstehen, zur anderen Seite des Tisches zu gehen und dem Mann die Tasse an die Lippen zu halten. Aber dann dachte sie, einen fremden Menschen könne man nicht wie ein kleines Kind behandeln. Sie schaute der Tasse zu, die zum Gesicht des Mannes schwebte, braune Tropfen schwappten über den Rand und verteilten sich auf den Frotteemantel.

»Sie sind bei der falschen Adresse gelandet«, sagte der Mann.

Er wischte die Tasse am Ärmel seines Mantels ab und stellte sie zurück auf den Tisch.

»Über meine Familie gibt es nichts mehr herauszufinden, die Journalisten haben die ganze Arbeit schon gemacht.«

Als sich der Mann diesmal zur Kommode umdrehte, griff er nach dem Foto. Der Rahmen glitzerte silbern im Licht der Lampe, aber er glitzerte ein wenig zu stark, und wahrscheinlich war er sehr leicht.

»Seinetwegen haben sie uns abgepasst und belagert, und meine Mutter ist vor lauter Scham gestorben.«

Er stellte das Bild vor sich auf den Esstisch. Mit der flachen Hand zog er die Dragoon zu sich heran, aber er ließ sie liegen.

»Früher habe ich auf ihn gezielt und abgezogen«, sagte er.

»Hinterließ er denn keinerlei Freude?«, sagte sie.

Aus dem Mund des Mannes gurgelte ein schwer definierbarer Laut, seine Mundwinkel zuckten. Er griff nach dem Stock und schwenkte ihn über dem Kopf. »Dieses Monster?«, rief er. »Dieses Monster?«

Old Lady Long zog ihren Schal enger um den Hals. Sie nahm einen Schluck Kaffee, der metallisch schmeckte, die Milch war geronnen. Als sie die Augen hob, fiel ihr eine Wanduhr ohne Zeiger auf, eine staubüberzogene Nippfigur in Form eines Eichhörnchens auf dem Fensterbrett und ein Kerzenständer ohne Kerze.

»Dann lassen wir das wohl besser sein«, sagte sie, hob ihre Handtasche vom Boden und stellte sie sich auf den Schoß. Sie beugte sich leicht vor, um anzukündigen, dass sie gleich aufstehen würde.

Die Arme des Mannes hingen schlaff an den Seiten des Stuhls herunter. Unter dem Gebüsch seiner Augenbrauen lagen schwarze Löcher, und sein Körper kauerte verloren in diesem Frotteemantel.

Stille senkte sich über das finstere Haus. Ihr Blick fiel auf ein Büchergestell, und hinter Spinnweben waren lederne Buchrücken zu sehen, auf die Nummern geschrieben waren, als hätten sie einst in einer Bibliothek gestanden. Auffällig war ein Buch, das kleiner war als alle anderen und in Leinen gebunden. Im schummrigen Licht konnte Old Lady Long die Farbe des Leinens nicht erkennen. Sie war sich ziemlich sicher, dass es grau war, mit einem Hauch von lila vielleicht, und sie überlegte, ob es ihm gehört haben könnte, aber sie traute sich nicht zu fragen.

Im Korridor roch es nach altem Teppich. Old Lady Long ging zur Haustür, und dort wartete sie, bis das Klappern des Stocks näher kam. Als sie auf ihren Bruder herabschaute, regte sie sich nicht. Seine Anwesenheit beruhigte sie. Ganz kurz dachte sie, sie würde ihm die Wahrheit sagen. Aber dann entschied sie sich dagegen.

Draußen lag Perlmuttglanz auf der Straße. Sie freute sich über den Spaziergang zur Bahnstation, das Gefühl von Licht auf ihren Wangen.

Am Gate angekommen schrieb sie:

– Ein großartiger Vater
– Ein grausamer Vater
– Erkenntnis

Am nächsten Tag in Singapur trank sie im Transit einige Tassen wässrigen Kaffee, dann kamen Zwischenlandungen in Kalkutta, Karachi und Kairo, und als sie in Zürich aus dem Flugzeug stieg, hinkte sie ein bisschen.

16

Henry war ein weinerliches Kind. Er hatte oft Koliken, und in den ersten drei Monaten schrie er viel. Louis wartete im Spielzeugladen auf Kunden, und am Abend ging er in den oberen Stock zu seiner Familie. Die Wohnung war mit einem Tisch und Stühlen und Betten eingerichtet, aber es gab keinen Spiegel, keine Wanduhren, keine Bleiglasfenster, und die Tapeten rochen wie Moos. Da war kein Axminster-Teppich, kein Familienporträt, kein Buchständer und kein Billardtisch. Von Leben zeugten einzig die Nippfiguren auf dem Fensterbrett, deren Farben verblassten, und an sonnigen Tagen glitzerten Sonnenstrahlen auf fahlen Köpfen.

Pete Whittle ging Louis aus dem Weg. Vier Jahre später würde Pete von einem Journalisten der *Sydney Evening News* zitiert, er habe seiner Tochter von Anfang an gesagt, dass sie einen besseren Mann verdient hätte, aber sie habe nicht auf ihn gehört.

Er bestrafte Louis mit hartnäckigem Schweigen.

Besonders zermürbte ihn, dass Louis fast so alt war wie er, und er wurde nicht müde, immer wieder zu erwähnen: Dass diese Ehe eine Distanz zwischen ihm und seiner Tochter schaffe und er in ihr junges Gesicht schaue und sich frage, was dahinter vorgehen möge.

Kamen keine Kunden und war die Stimmung in der Wohnung schlecht, schloss Louis nachmittags den Laden und fuhr mit der Straßenbahn bis zur Central Station. Er fuhr fast jeden Tag zur Central Station. Beim Markt an der George Street schaute er Männern mit hochgerollten Hemdärmeln zu, die hölzerne Schubkarren durch den Staub schoben. Müde Pferde trugen Futtersäcke um den Hals. In den Vorgärten ritten Kinder auf Schafen. Hinter der Town Hall standen Männer mit Bowlern und ließen Würfel über das Kopfsteinpflaster hüpfen. Das Tragjoch eines Chinesen wippte unter der Last von Rattankörben voller Pfirsiche. Auf der Straße lagen Pferdeäpfel in geraden Linien, und eine Dame mit besticktem Fichu und drapiertem Rock stieg mit breiten Schritten darüber hinweg.

Louis ging weiter in Richtung Hafen, wo die Masten der Schiffe aussahen wie nackte Bäume und wo Wagenräder ächzten. Er bog in die Macquarie Street ein und stieg die steinernen Stufen zur öffentlichen Bibliothek hinauf. Im Lesesaal saßen Männer mit eckig gestutzten Bärten und angeklatschten Haaren an langen Tischen, und wenn sie zu den Regalen gingen, flatterten Hemdsärmel an dünnen Armen. In der rechten hinteren Ecke des Raums stand ein großer Globus. Darüber klapperten die Schritte der Besucher auf einer Galerie, die sehr schmal war, sodass zwei Menschen nicht aneinander vorbeikamen. Einer musste immer hinuntersteigen. An den Regalen lehnten Leitern an einem Messingrohr, und man konnte die Leitern hin- und herschieben. Louis stand auf den hölzernen Sprossen, bis er Nackenstarre bekam.

Sein Stammplatz war ein Einzeltisch parallel zu den Regalen; er trennte sich von der Welt durch eine Wand aus Büchern. In James Cooks Beschreibungen der australischen Küste las er über die Aborigines beim Bawley Point, durch Darwins geologische Beobachtungen quälte er sich, bis sein Kopf schmerzte.

Zur Abwechslung lehnte er sich zurück und las das kürzlich erschienene Buch über einen Jungen, der sich unter Piraten wiederfand. Besonders faszinierte ihn die Rhythmik der Sätze, so etwas hatte er noch nie gelesen, und er versuchte, die Logik darin zu finden. Er zählte die Silben zwischen den Kommas, die Wörter zwischen den Punkten und die Abstände zwischen Zitat und Erzählung. Das Buch war eine Art atemloser Monolog, er floss wunderbar dahin, und Louis war sich sicher, dass dahinter eine Formel steckte. Sosehr er jedoch Substantive und Verben zählte, er konnte den Zauber nicht entschlüsseln. Dieser Gesang in Buchform unterlag keiner Technik und keinen Regeln, folgerte er, sondern stammte aus den Tiefen des Universums, von wo sich die Wörter, die Sätze, die Absätze in den Kopf des Autors und von dort auf das Papier transportiert hatten. Und was da auf dem Papier funkelte! Louis war sicher, dass es ein Tatsachenbericht war. Er bedauerte, dass der Autor nicht den Mut gehabt hatte, dazu zu stehen. Auch wenn er Sätze geschliffen haben mochte, auch wenn Figuren erfunden waren, auch wenn Szenen nicht Beobachtung, sondern Einbildung waren, was bedeutete das schon? Es ging um die Geschichte, und alles, was die Geschichte brauchte, diente bloß dazu, die Realität zu schärfen.

Dies war Louis' Beweis, dass eine Stimme aus der Finsternis kommt, und er wusste, dass auch er diese Stimme besaß.

In einer warmen Nacht, als die Luft schon nach Sommer roch, ging er zu Fuß nach Hause. Er ging sehr langsam.

Seine Geschichte hatte er bereits. Auch er würde einige Dinge ändern, aber es würde dennoch die Wahrheit sein. Das Problem war, dachte er, dass der Grat zwischen Fakt und Fiktion schmal und verwirrend und unnötig sei. Die einzig zulässige Version der Wahrheit sei jene, die den Leser sofort in ihren Bann ziehe, die auf die Sehnsüchte der Menschen abziele – nach Größe, Humor und Stärke in diesem tristen Leben. Eine seltsame Wahrheit, ja: eine absurde Wahrheit.

Daheim erwartete ihn die ewig gleiche Prozedur aus Mahlzeiten, Zubettgehen, Geschrei. Die Wohnung war ihm zu eng, und die Diskussionen mit seiner Frau drehten sich stets um dasselbe Thema, nämlich um Geld, was ihm ebenfalls wie eine Art Enge erschien. Der Alltag in der Wohnung unterlag einer unerträglichen Gleichförmigkeit, von der Louis dachte, so müsse sich Wachkoma anfühlen.

Er zog die Bibliothek der Wohnung vor.

Das Schreiben war Qual. Seine Gedanken waren schneller als seine Hand, und als er am Ende des Satzes ankam, war er im Kopf schon am Ende der Seite. Lieber las er: die Einträge von Joseph d'Entrecasteaux über die Blumen Australiens; zwei Mal Ludwig Leichhardts schreckliche Reise; und so oft Ernest Giles' Suche nach dem verschollenen Freund, bis er einzelne Kapitel aus dem Gedächtnis zitieren konnte.

Niemand kaufte Stelzen, Malstifte oder Holzreifen. Kam er heim, plärrte das Kind und blinzelte der Schwiegervater böse.

Einmal fragte ihn Anne, wo er gewesen sei, und er ignorierte die Frage, und dann sagte sie, es wäre schön, wenn er etwas öfter daheim wäre, und er sagte: »Dafür fehlt mir die Zeit.«

Annes Kopf lief rot an, sie wiegte den schreienden Henry in den Armen, und dann drückte sie ihm das Kind an die Brust und sagte: »Kümmere dich wenigstens um den.«

Louis drehte sich ab und ging zurück in die Bibliothek.

Zwei Tage später brachte sie ihm eine Blume aus dem Garten und zeigte ihm ein Knäuel Strickgarn der schottischen Firma Connery & Sons. Etliche Monate habe sie auf die Lieferung des Garns gewartet, sagte sie, es sei das feinste Garn der Welt, das würden sogar die Fachleute behaupten, sie wolle Henry einen Schal daraus stricken, oder eine Mütze, oder Söckchen mit dazu passenden Handschuhen. Dieses Garn kitzle nicht, es sei absolut phantastisch. Louis drehte das Knäuel durch die Finger und rümpfte die Nase, als hätte er faulen Blumenkohl gerochen.

»Es ist ein Ding«, sagte er, »nichts als ein Ding, und jeder kann Dinge für Geld kaufen.«

An einem Nachmittag Mitte Dezember 1894 war er mit dem Kind allein. Pete und Anne hatten gesagt, sie würden gemeinsam Weihnachtsgeschenke kaufen gehen. Er fragte sich, wovon. Das Kind weinte in der Krippe, und er stand in der Küche am Fenster und zupfte sich Haare aus dem Bart. Er fing eine Fliege und riss ihr langsam die Flügel aus. Er schaute ihr zu, wie sie mit den Stummeln über den Boden sprang. Er hörte Henrys Schluchzer und überlegte sich, was geschehen würde, wenn er mit dem Kind auf die Straße ginge und es dort liegen ließe.

Er schaute auf seinen Sohn hinunter. Henry trug einen

langen Babymantel, eine Haube mit Schlaufen, und an seinem Handgelenk war ein Baumwolltuch festgeknotet, an dessen Ende ein hölzerner Beißring hing.

Abermals riefen die Stimmen der Geister nach ihm, wie damals unter dem Triumphbogen in Paris, er solle sich nicht vom Leben versklaven lassen. Und während er noch überlegte, ob das die Stimme seiner absurden Wahrheit sei, da wanderten seine Gedanken bereits weiter, er dachte an seinen langen Marsch von Wasserloch zu Wasserloch nach Perth, an die Fahrt zwischen Ziegen und Schafen im Bauch eines Passagierdampfers nach Adelaide, er erinnerte sich an den Pferdedieb außerhalb Adelaide, der in einer sternenklaren Nacht Bohnen für ihn gekocht hatte, erinnerte sich an die junge Magd in Wagga Wagga, der er beim Handlesen sexuelle Erleuchtung prophezeit und sie anschließend auf ihr Zimmer begleitet hatte, und er erinnerte sich an den Einsiedler in einer Höhle der Snowy Mountains, der unaufhörlich über eine revolutionäre Methode der Maiszucht mit Dünger aus tierischem Blut geplappert hatte – Erinnerungen an ein phosphoreszierendes Leben außerhalb einer Norm und fern jeglicher Fesseln. Er bedauerte es außerordentlich, dass er nun bereits in die nächste Falle getappt war, die Falle in Form einer Frau, die zwar überaus hübsch war, aber tagein, tagaus nichts Anderes tat, als Geranien umzutopfen und Socken zu stricken.

Als er die Wohnung verließ, warf er die Tür mit solcher Wucht zu, dass drinnen die Teller im Küchenschrank schepperten und das Kind in der Krippe aufschrie.

Vor dem Technological Museum graste eine Kuh. Ein kleines Mädchen führte ein Huhn an einer Leine spazieren. Vor der Hauptpost in der George Street warteten die Kutscher auf Kundschaft. Bei Muirs Whisky Depot gegenüber der Town Hall sammelten sich Wasser und Scherben im Rinnstein. Er stand da und schaute zu Boden. In der Elizabeth Street stieg er in eine Doppeldeckertram, musste aber wieder aussteigen, da er die Fahrt nicht bezahlen konnte. Umgeben von Kindern folgte er einer Blaskapelle in Richtung The Rocks, und als sie ›Advance Australia Fair‹ spielten, wedelte er mit den Armen wie ein Dirigent, und beim Argyle Cutting kehrte er um und lief unter den Torbögen zurück in die Stadt. Nachts schlief er zwischen streunenden Hunden am Strand.

Als er am Neujahrstag nach Hause kam, hatte er trockene Zweige in den Haaren, und an seinen Schuhen fehlten die Schnürsenkel.

»Dich häng ich an einen Baum«, zischte Pete, und seine Lippen bebten.

Anne weinte geräuschlos, ohne von ihren Stricknadeln aufzusehen.

In der Bibliothek beugte er sich über John MacGillivrays Beschreibung von Barbara Thompson, verfolgte, wie der Häuptling ihr den Namen seiner kürzlich verstorbenen Tochter gab, wie sie fünf Jahre bei ihm lebte und so nahe beim Lagerfeuer schlief, dass sie sich die Wangen verbrannte. Er las soeben die Episode mit dem Apfelkuchen und der Rettung, als ihm jemand auf die Schulter klopfte. Der Mann hatte einen Mund wie ein Frosch und glühende Ohren und sagte, er sei Franzose. Sie trafen sich oft abends, wenn die Bibliothek geschlossen wurde. Der Mann lud zu Kaffee ein und bezahlte Steaks. Zog er das Jackett aus, sah man seine ausgeprägten Schulterblätter und Louis fiel auf, dass ihm ein kleiner Finger fehlte. Wenn er sprach, dann senkte er Kopf und Stimme, denn er stellte seltsame Fragen. Einmal klappte er ein Notizbuch auf, und während Schuppen auf die Seiten rieselten, murmelte er: »Ich weiß genau, wie Sie sich fühlen.«

Louis erzählte von seinen Wanderungen durch den Busch, von den unzähligen Flussbetten, die er durchquert habe, die allerdings selten Wasser geführt hätten, da Flüsse in dieser Gegend nur einmal pro Jahr Wasser führten, und er erzählte von einem glänzenden Klumpen, den er in einem dieser Flussbetten gesehen habe, ein Klumpen von der Größe einer Walnuss.

»Ah«, sagte der Franzose.

Louis wartete darauf, dass der Mann noch etwas sagen würde, und als er die ausdruckslosen Augen sah, erzählte er, einmal sei er der Schweißfährte eines Kängurus gefolgt und nochmals zu dem Flussbett gelangt. Unterhalb eines steilen Abhangs habe er einen gelben Blitz wahrgenommen, dem er sich dann genähert habe, und er habe seinen Augen kaum getraut, als dort ein Goldstück von der Größe eines Rumfasses gelegen habe, aber natürlich sei es zu schwer gewesen, um es mitzunehmen.

»Oh«, sagte der Franzose.

Wieder schwieg der Mann. In dieser Gegend, sagte Louis, sei das Wild außerordentlich zahlreich gewesen und er sei oft zurückgekehrt, hauptsächlich wegen der Warane, die dort gut und gern auf eine Länge von bis zu drei Metern wachsen würden und so schwer seien, dass man mit ihnen eine ganze Familie verpflegen könne. Er habe den Goldklumpen von der Größe des Rumfasses immer wieder gesehen, und eines Tages, als er kurz vor

Sonnenaufgang darauf gewartet habe, dass die Warane aus ihren Erdlöchern kriechen, habe er sich hingesetzt und am Abhang zu graben begonnen. Die Erde sei so locker gewesen, dass sein Arm einfach darin verschwunden sei, und mit den Fingerspitzen habe er kühles Metall gespürt. Keine fünf Minuten habe es gedauert, und da sei ein Stück Gold zum Vorschein gekommen, so groß und dick wie ein fetter Ochse.

»Soso«, sagte der Franzose, und dann sagte er: »Ich werde mit ein paar Leuten reden.«

Fenwick & Sons war interessiert, eine Firma, die sich auf die Suche nach Goldfeldern spezialisiert hatte. Louis stellte sich dort vor und sagte, er kenne eine Stelle tief im Inneren des Kontinents, wo die Goldadern auf der Erdoberfläche liegen und die Eingeborenen sie als Straßen benutzen würden. Der Firmenbesitzer wollte den Ort kartografiert haben und stellte einen Scheck aus. Aber dann bekam er sechs Monate lang keine Nachricht von Louis und ging ihn suchen. Seither hat man in Australien nie wieder etwas vom Besitzer von Fenwick & Sons gehört.

Ein Jahr verging, bis Louis wieder in Sydney auftauchte. Er fragte Anne, ob der Junge in der Küche einer von Henrys Spielkameraden sei, und Anne sagte nein, dieser Junge in der Küche, das sei sein Sohn.

Er fand Arbeit als Vertreter für Fotoapparate, aber niemand konnte sich die Apparate leisten. Er machte sich einen Namen als Fotograf verstorbener Seelen, und das lief etwa vier Monate lang gut, aber dann stellte sich heraus, dass die Fotos Doppelbelichtungen waren. Er erfand einen neuartigen Taucheranzug und ließ ihn patentieren, aber niemand vertraute auf die Sicherheit des Geräts. Er begann, wieder in die Bibliothek zu gehen, er traf auf den Franzosen, der nun ständig »um ein weiteres Goldfeld« bat, aber Louis machte einen Bogen um den Franzosen; auf dem Heimweg ging er im Zickzack durch die Straßen und schaute zu den erleuchteten Fenstern hoch und dachte an diese Leben, die durch die Zeit glitten, mit dem Tod auf den Fersen.

In einem Passagierdampfer fuhr er nach Fremantle, um seine Seekiste zu holen, die er dort eingelagert hatte. Bei seiner Rückkehr nach Sydney machte sich in ihm eine Abneigung gegen die Stadt breit. Durch die Straßen ritten Männer mit beuligen Hüten, sie standen in Lederhosen an Kreuzungen und stopften Heu in die Mäuler ihrer Pferde. Es war nichts als ein staubiges Dorf. Bestimmt gäbe es andere Orte auf der Welt, die besser zu ihm passten, etwa New York oder Buenos Aires.

Am ersten Weihnachtstag 1896 sagte er zu Anne, er müsse in die Bibliothek, und sie sagte, die sei doch an Weihnachten geschlossen, und er sagte Nein und ging zum Hafen. Er bestieg ein Schiff, zwei Tage später kam er in Auckland an.

Er blieb in Auckland, bis seine Schuhe Löcher hatten und sich die Ärmel von seinem Mantel lösten. Auf einer Müllhalde fand er ein altes Hemd und band es sich um den Kopf.

Wenn er sich an eine Hauswand kauerte, sah er aus wie ein Haufen Müll mit Nase.

Für einen Penny sagte er auf der Straße die Zukunft voraus.

Einmal kam ein Mann vorbei, der eine Kapitänsmütze schief auf dem Kopf trug. Er hatte einen schwarzen

Backenbart und umgestülpte Stiefel. Der Mann war leicht vornübergebeugt, als leide er an Durchfall.

»Sir, Probleme im Osten«, sagte Louis, »die Geister täuschen sich nie.«

Es dauerte eine Woche, bis er am Straßenrand eine Zeitung fand und las, dass das Schiff des Kapitäns mit den zwanzigtausend gefrorenen Hammeln, sechzehntausend Wollballen, dreitausend Schachteln Käse, tausendvierhundert Packungen Butter, vierhundertachtzig gegerbten Fellen und dreihundert gefrorenen Lämmern in der Magellanstraße auf Grund gelaufen war.

Einen Sommer lang zog er mit einem Wanderzirkus durchs Land und gab sich als Wahrsager aus.

Etwas später würde eine gedrungene Frau mit einem Turban aus Kiwifedern und farbigem Krepppapier der *Nelson Daily* Folgendes sagen: »Er klopfte manchmal mitten in der Nacht an meine Tür, setzte sich auf das Bett und erzählte stundenlang Geschichten, ohne sich auch nur eine Sekunde zu unterbrechen, Geschichten voller visionärer Kraft. Er nannte das seine Absurde Wahrheit, er war der größte Seher, den ich je getroffen habe.«

Fragte man ihn, wie viel er für seine Prophezeiungen verlange, sagte er: »Wer den Penny nicht ehrt, ist den Shilling nicht wert.«

Als das Gefühl des Aufbruchs in ihm hochstieg, fand er eine Arbeit als Deckschrubber auf der SS Waikato, und als das Schiff aus dem Hafen von Auckland auslief, erfuhr er, dass es Kurs auf London nahm.

In der Besatzungsliste vermerkte er Name und Geburtsort. Er schrieb: Louis de Montesanto, Paris.

17

In der Redaktion gab er eine seltsame Figur ab. An seinem Hemdkragen hafteten Haarschnipsel, seine Wangen glänzten. Er roch nach billigem Aftershave, vermischt mit dem höchst unangenehmen Geruch von saurer Milch. An seinem Kinn hing ein freches Bartbüschel. Er hatte noch immer einen mächtigen Schnurrbart, der an den Enden besenartig ausfaserte. Den Mantel hatte er sich in einem Pub geliehen, aber er passte nicht, sodass Louis' Hände in den Ärmeln verschwanden; er würde zurückgehen und ihn wieder an denselben Nagel hängen, sobald er ihn nicht mehr brauchte.

Er machte einen leichten Knicks.

»Ich habe eine Geschichte zu verkaufen«, sagte er.

Obwohl er sich herausgeputzt hatte, sah er noch immer aus, als hätte er sein Leben in einem Orkan verbracht und als wäre die Geschichte das Einzige, was er besaß.

»Die Geschichte meines Lebens«, sagte er.

Es war ein heißer Morgen im Juli 1898, Punkt neun Uhr, und Sir Richard Mayne rollte sich die Hemdärmel hoch.

Normalerweise um diese Zeit beugte sich Sir Richard über Listen und rechnete aus, wie viel Geld er noch hatte. Sein *Globe Magazine* machte harte Zeiten durch. Die

Abonnenten liefen ihm davon. Sie lasen zunehmend die *Century Gazette*, die von Avery Tambling-Goggin herausgegeben wurde. Tambling-Goggin war ein ewiger Junggeselle, ein schmaler Mann mit weißblonden Haaren, der jeden um einen Kopf überragte und wie ein Luftzug durch die Straßen glitt. Er sprach so gedämpft, dass man ihn kaum verstand, aber was er sagte, war stets korrekt. Kam eine Diskussion etwa auf die sprachlichen Eigenheiten von Eingeborenen auf Neuguinea, konjugierte er ein Verb vom Stamm der Yuluru in allen Zeitformen. Und sagte dann jemand, dieses Wissen sei doch erstaunlich, legte sich Tambling-Goggin den Zeigefinger an die Wange, den Daumen unters Kinn und erwiderte: »Ich weiß.«

Dieses Benehmen machte Sir Richard rasend.

Sir Richard Mayne war eher der brachiale Typ. Er war ein Mann, der sich gern selbst zitierte und es nicht ausstehen konnte, berichtigt zu werden. Forderte ihn jemand heraus, stieß er einen Bleistift in die Luft, rammte eine Ferse in den Fußboden, drehte den Kopf und spuckte in den Papierkorb.

Als junger Mann hatte Sir Richard eine Frau geheiratet, die viel von schöngeistigen Dingen hielt, Abende im Theater oder in der Oper verbrachte und der Ansicht war, Shakespeares Verse hätten noch eine Nuance mehr Raffinesse vertragen können. Sir Richard konnte der Argumentation seiner Frau selten folgen. Und wenn sie ihn sanft bat, sein Magazin doch »auf das nächste Niveau« zu heben, hob er die Schultern, biss die Zähne zusammen und stürzte aus dem Haus. Er verbrachte viel Zeit im Büro und wenig zu Hause.

Das *Globe Magazine* war auf sensationelle Forschungsberichte spezialisiert. Die Leser hungerten nach Geschichten über Kannibalen und Meeresungeheuer sowie nach ein paar wissenschaftlichen Erkenntnissen. Jede Ausgabe war mit Bildern illustriert, die das Grauen der Reisenden in die Wohnzimmer Englands brachten. In den letzten Jahren war es allerdings immer schwieriger geworden, die vorangegangenen Geschichten zu übertrumpfen.

Was Sir Richard brauchte, war ein Engel, der ihm seine Leser zurückbrachte und nebenbei noch Tambling-Goggin zerstörte.

Er streckte die Hand nach seiner Meerschaumpfeife aus, die auf einem kirschroten Kissen lag. Auf dem Pfeifenkopf war das Gesicht eines Sultans abgebildet, mit Bart und Turban. Der Turban war hohl, er stopfte etwas Tabak hinein, biss das Mundstück der Pfeife mit den Backenzähnen fest, ließ die Flamme eines Streichholzes über die Brennkammer schweben und lehnte sich zurück.

In seinen Memoiren würde er später schreiben, dass ihm Louis durchaus etwas zwergenhaft erschienen sei, für den Bruchteil einer Sekunde seien ihm gar noch andere kleine Männer in den Sinn gekommen, Dschingis Khan, Beethoven, Voltaire, der heilige Franz von Assisi, dass das zwergenhafte Bild von Louis aber auf fast magische Weise bereits nach dem zweiten Zug an seiner Pfeife verpufft sei. Was wirklich gezählt habe zu jener Zeit, sei die Geschichte gewesen, die mit der Wucht einer Sturmflut über die zivilisierte Welt hinwegbrausen konnte. Und wer diese Geschichte besessen habe, sei ein Gigant gewesen, egal wie klein sein Körper war.

»Dann mal los«, sagte er.

Louis stand in der Mitte des Büros, die Hände vor dem

Bauch gekreuzt wie ein Schuljunge. Er hatte den Blick aus dem Fenster auf die Dächer Londons gerichtet.

Fünf Minuten später brüllte Sir Richard nach Schreibzeug und der Sekretär stürmte herein. Nach drei Stunden rannte Sir Richard mit einem Bündel Papier unter dem Arm aus der Tür, und als er schon auf der Straße stand, kehrte er um, eilte zurück in sein Büro, drückte Louis zehn Pfund in die Hand und bat ihn, nächste Woche wiederzukommen.

Die Pfeife lag zur Seite gekippt auf dem Schreibtisch, und eine Rauchschliere kringelte der Decke entgegen.

18

Er wartete, indem er wanderte.

In Whitechapel steckten falsche Juweliere falsche Rubine an schwielige Finger, und eine Frau stand mit einem geflochtenen Korb voll Feuerholz neben Ramschhändlern, die Sheffield-Besteck verhökerten. Vor einer alten Irin stand ein altes Fass, und darauf lagen rote und grüne Kreise von Äpfeln und Birnen, die Irin saß auf einem umgedrehten Bushelkorb, hatte ein Kind an der Brust und rauchte ihre Tonpfeife.

Es roch nach Fisch und Pferdemist und feuchtem Esel.

Vor dem Pub war ein alter Mann auf eine Bank gesunken, die Hände auf dem Spazierstock gekreuzt, den Bowler und das Pint neben sich, und da stand ein Buckliger und rief: »Yarmouth-Heringe, drei pro Penny!«

Unter rot-weißen Markisen lagen Ohrgehänge, Halstuchnadeln, Broschen, Armreifen, Goldrahmen, Kragenknöpfe und Kämme für die Nackenhaare. Männer mit Rattankörben auf dem Kopf gingen vorbei, um Blumen zu liefern, Gestalten mit zerknautschten Hüten und aufgescheuerten Hemdärmeln reichten Lucifers Schuhwichse an Mädchen in fleckigen Schürzen, und zwei Meter weiter gab es Halfpenny-Eis für die Kinder, die es sich leisten konnten.

Da waren die Unglücklichen, die Werbetafeln vor dem

Bauch und auf dem Rücken trugen. Man warf ihnen Dreck nach und lachte sie als Sandwichtrottel auf der Straße aus.

Da waren die Alten von St. Giles, die nicht mehr die Kraft hatten, edle Herren um einen Farthing zu beschwören und es vorzogen, Bettler anzubetteln.

Da war die Grauhaarige, deren Stock auf dem Pflaster klopfte, ihre Strickjacke wurde vor dem Bauch von einem Zweig zusammengehalten, sie hatte Eulenaugen und einen Hyänengang und nur noch Stockzähne im Mund. Sie wedelte mit einer alten Zeitung über dem Kopf, und als sie an ihm vorbeiging, drehte sie den Kopf und hauchte: »Sehe ich noch mehr Regen, verliere ich den Verstand!«

Da waren die Londoner Nomaden, die im Wohnwagen aus Battersea herüberkamen; ihre Kamine qualmten, und über der Tür baumelte eine quadratische Laterne, in der eine Flamme zuckte. Ein Zuhälter mit staubigen Stiefeln rief: »Damen für die Nacht!« Mit der Nacht kamen auch die italienischen Straßenmusikanten mit ihren komischen Hüten und die Flying Dustmen in ihren stinkenden Kutten, und mit ihnen eine neue Sorte junger Männer – Diebe ohne Kappe oder Schuhe, ein Hosenbein hochgerollt über das Knie; einige trugen eine Kinderjacke, das Innenfutter hing ihnen über den Hintern und wallte beim Gehen vor und zurück. Ihre Haare waren ein wildes Durcheinander wie bei einem Mopp. Sie trugen Holzkisten an einem Lederriemen über der Schulter und lenkten Passanten ab, indem sie in johlenden Gruppen Straßenwagen hinterherrannten oder auf den Händen balancierten, die Füße in der Luft, während ihre Freunde Äpfel von Fässern klauten oder Orangen, Walnüsse oder was gerade da lag.

Dandys im Sakko griffen den Leuten in der Union Street oder der Borough Road mit einem Lächeln ins Jackett, und zum Abschied schoben sie den Hut in den Nacken und gingen dann zur Mile End Road, um die Armbändchen, Uhrketten und Glasaugen zum Verkauf anzubieten. Und dann waren da noch die Männer, mit denen sich niemand anzulegen traute, die Einbrecher und Straßenräuber, die mit den schmalen Lippen, aus denen ein »Zieh ab!« hervorzischte.

Er sah eine Mutter, die ihr Baby in einem löchrigen Tuch auf den Rücken gebunden hatte, und er dachte an seine Tochter. In Gedanken hob er sie nochmals vom Boden hoch und drückte sie an sich. Er suchte in der Erinnerung nach dem Gefühl, das ihr Kopf auf seiner Schulter verursacht hatte, wenn der Kopf immer schwerer wurde und sich warm anfühlte und wenn schließlich ein Rinnsal ihres Speichels seinen Arm hinunterlief.

Mitten auf der Straße Londons blieb er stehen. Er schaute sich um, und gleich vor sich sah er eine Papierwarenhandlung. In seinen Taschen kramte er nach Münzen, betrat den Laden, verließ ihn wieder, setzte sich auf eine Parkbank, legte sich das Papier auf die Knie und begann zu schreiben. Als er damit fertig war, bemerkte er, dass er vergessen hatte, einen Umschlag zu kaufen. Und im nächsten Moment kam ihm in den Sinn, dass es keine Adresse gab, an die er den Brief hätte schicken können. Er las den Brief nochmals, dann zerknüllte er das Papier und warf es in die Themse.

In der Keat Street schlief er in einem Zimmer, dessen Boden übersät war von Leibern jeden Alters. Junge Finger streichelten über runde Pobacken, und alte Menschen schnarchten. Wie er so dalag, kam es ihm wie ein Wunder vor, dass wenige Straßen entfernt goldene Kronleuchter von den Decken hingen und silberne Löffel in den Schubladen lagen und dass es dort Menschen gab, die sich mit funkelnden Abkürzungen schmückten, Esq., D.D., Q.C. Und über allem klangen magische Namen wie Twelfth Night, Plough Monday, Whitsunday und All Hallows.

Da war kein Ort auf der Welt, den Louis lieber mochte als die Hauptstadt der Welt. Es war nicht der Reichtum, es war die Vielfalt.

Als Sir Richards Brief kam, war er der Ansicht, anstatt für den Rest seines Lebens die Welt zu bereisen, könne er ebenso London bereisen.

19

Er betrat die Redaktion. Sir Richard servierte eine dampfende Tasse English Breakfast Tea.

In einer Ecke saß ein Stenograf, der eine Batterie Bleistifte spitzte. Er hielt die Knie zusammengepresst, den Kopf gesenkt und wirkte etwas nervös.

Gegenüber hatte sich jemand ein schwarzes Tuch über den Kopf gezogen und schraubte an einem Stativ herum.

Ein Illustrator saß auf einem Hocker in der Mitte des Raums, dehnte die Finger und klemmte kleine Töpfchen Malfarbe an seinen Block. Das schwarze Töpfchen war etwas größer als die anderen.

Sir Richard saß an seinem Schreibtisch, die Hände hinter dem Kopf verschränkt, die Hemdärmel hochgerollt, und sagte, er habe in den vergangenen Tagen die Experten der Royal Geographical Society aufgesucht, die ihr Leben der Aborigines-Forschung gewidmet hätten, und habe ihnen die Notizen von Louis' Geschichte gezeigt. Sie hätten ihm versichert, dass diese Geschichte nicht nur wahr sei, sondern auch von höchstem wissenschaftlichen Interesse.

Louis nickte.

Ein breiter Mann mit Brille öffnete die Tür. Seine Arme schlingerten wie die Tentakeln eines Oktopus, er streckte die Hand aus.

»Wir regeln das *de jure*«, sagte er und zog Verträge aus einer Ledertasche.

Während Louis kunstvolle Schnörkel auf das Papier setzte, stand Sir Richard auf und ging zum Fenster. Der breite Mann mit der Brille folgte ihm. Sie sprachen über die nervigen Franzosen und somit über ein Thema, das gerade auf den Titelseiten sämtlicher Zeitungen zu finden war. Jeder in London sprach darüber.

Zwei Jahre zuvor war ein kleines französisches Armeeregiment, das an eine lose Gruppe verwirrter Abenteurer erinnerte, von Brazzaville im Kongo aufgebrochen, sie waren durch malariaverseuchte Sümpfe gestampft, durch Flüsse voller Krokodile gewatet, durch Wälder gekeucht, wo panische Eingeborene herumirrten – so wollten sie eine frankofone Achse von West nach Ost durch Afrika ziehen. Ganz England hatte über sie gelacht, aber nun waren sie kurz davor, erfolgreich zu sein. Die britische Armee hingegen war fest entschlossen, der Queen ein durchgehendes Band Herrschaftsgebiet von Kairo bis Kapstadt zu präsentieren, allerdings wurden sie nun von einem zermürbenden Kampf gegen die hartnäckigen Mahdisten zurückgehalten, die sich als Auserwählte des Propheten sahen und den Fremdlingen mit krummen Messern die Kehlen aufschlitzten.

Sir Richard drehte sich vom Fenster weg.

»Louis, sind Sie sicher, dass Sie Franzose sind?«

Er sei, sagte Louis, Franzose italienischer Abstammung. »Aber die einzige Hoheit, die ich akzeptiere, ist die Queen.«

Niemand sagte etwas.

Louis dachte an ein anderes Land, das weder Frankreich

noch England war. Er sei, sagte er, in der Schweiz aufgewachsen und zur Schule gegangen und habe so gut Deutsch gelernt, dass er abgesehen von ein paar französischen Floskeln seine Muttersprache vergessen habe. Wenn er jemals so etwas wie eine Nationalität besessen habe, dann wohl am ehesten jene der Schweiz.

Sir Richard klatschte in die Hände und drehte eine Pirouette.

Der Fotograf brachte seine Kamera in Position.

Louis stellte sich vor eine fliederfarbene Wand. Er trug eine veilchenblaue Krawatte aus japanischer Seide, ein weißes Hemd und ein mattkariertes Jackett, alles etwas zu groß, da es Sir Richard gehörte. Er drehte sich zur Seite, zog die rechte Augenbraue hoch, setzte einen abgeklärt-kecken Gesichtsausdruck auf, steckte die linke Hand in die Jackentasche, und dann zuckte ein grelles Licht durch den Raum.

Nun verschränkte er die Arme auf dem Rücken und ging mit bedächtigen Schritten im Kreis.

Der Stenograf nahm einen Bleistift vom Tisch, blies Grafitstaub von der Spitze und setzte den Bleistift in die linke obere Ecke eines leeren Blattes Papier.

20

Draußen stand ein fahler Mond über den Dächern, drinnen bog sich eine Stehlampe über Sir Richards Schreibtisch.

Ein leeres Glas stand neben einer leeren Flasche. Auf dem Boden lagen Papiere verstreut, als hätte sie ein Windstoß verteilt.

»Das mit dem Mast ist sehr gut«, sagte Sir Richard.

Er zog eine Schublade auf und holte eine neue Flasche hervor. Der Korken ächzte.

»Danke, Sir.«

Das Glas sah aus, als würde es mit flüssigem Bernstein gefüllt. Die Farbe hatte etwas Beruhigendes.

»Sind Sie sicher, dass Sie keinen wollen?«, fragte Sir Richard.

»Ich trinke nicht«, sagte Louis.

Sir Richard presste die Lippen zu Strichen und hob das Glas. Er nickte.

»Wie Odysseus haben Sie sich während des Sturms an den Mast gebunden. Der moderne Odysseus. Schiff, Sturm, Mast, ein klassisches Bild. Gefällt mir«, sagte er.

Louis betrachtete den Mond.

»Noch so ein tolles Bild: die Sandbank. Wie lang war diese Sandbank noch mal?«

»Hundert Meter lang, zehn Meter breit und zwei Meter über dem Meeresspiegel«, sagte Louis.

»Zwei Jahre«, sagte Sir Richard. Er hob seine Pfeife vom Tisch und klopfte den verkohlten Tabak in den Papierkorb. Er presste den Zeigefinger in die Brennkammer und tastete die Innenseite ab. »Zwei Jahre«, er wog den Kopf. »Auf einem gottverlassenen Streifen Sand.« Er blies sich Kohle vom Zeigefinger und prüfte mit einem kritischen Blick seine Fingerkuppe. »Unglaublich.«

Louis fragte sich, wie lange es wohl dauern würde, bis der Mond aus dem Blickfeld gewandert war. Er schätzte zehn Minuten.

»Ich wäre wohl verrückt geworden«, sagte Sir Richard.

Mit einer Bürste, die aussah wie eine pelzige Raupe, polierte er die Außenwand der Brennkammer.

»Ich machte Gymnastikübungen«, sagte Louis, während er durch das Fenster den Mond im Auge behielt. »Manchmal ritt ich auf Schildkröten. Und ich erfand eine neuartige Methode des Maispflanzens.«

Sir Richard hauchte auf den Turban des Sultans, dann bürstete er Ruß aus den Kerben, bis der Turban glänzte.

»Im Savoy ist ein Zimmer für Sie reserviert«, sagte Sir Richard. »Für morgen habe ich Ihnen einen Schneider bestellt. Und die Royal Geographical Society hat nächste Woche zum Tee unter distinguierten Gentlemen geladen.«

Sir Richard zog eine Tabakdose aus der Schublade. Sie war grün und hatte vergoldete Ränder. Der Deckel hatte eine Delle. Sir Richard hob den Deckel an.

»Ich habe keine Pläne«, sagte Louis.

Sir Richard zupfte etwas Tabak aus der Dose und rollte ihn zwischen Daumen und Zeigefinger zu einer Kugel.

»Da ist bloß eine Sache«, sagte Sir Richard, die Faust vor dem Mund, den Blick gesenkt. »Diese halb verdurstete Wilde? Die Schönheit, der Sie das Leben gerettet haben? Ihre Ehefrau?«

»Ja?«, sagte Louis.

»Seien wir mal ehrlich: Sie war doch ausgesprochen hässlich, diese Wilde«, sagte Sir Richard.

Der Mond war wie festgeklebt. Es schien, als sei er stehen geblieben. Louis wollte ihn wegwischen.

»Wie Sie wünschen«, sagte Louis, »aber meine Tochter war bezaubernd.«

Sir Richard zog ein Streichholz über die Tischplatte, Schwefel zischte. Er hielt das Streichholz über die Brennkammer. Der Tabak knisterte.

»Hervorragend.«

21

Louis de Montesantos Bericht erschien als Titelgeschichte in der nächsten Ausgabe des *Globe Magazine*. Es war die erste von mehreren Folgen.

Zwei Tage später waren die Kioske leer gekauft. Auf dem Gehweg vor der Redaktion bildete sich eine Menschenmenge. Die Leute riefen »Montesanto! Montesanto! Montesanto!« und legten Blumen vor dem Eingang nieder. In Sir Richards Büro kamen so viele Leserbriefe an, dass er vier Sekretäre einstellte, die Heiratsanträge ablehnten, Stricksocken wegwarfen und Teedosen im Keller stapelten. Die Abonnentenzahlen verdoppelten sich innerhalb einer Woche. Verlage machten Angebote für ein Buch, aber Sir Richard zog es vor, das Buch selbst herauszugeben. Er verkaufte Übersetzungsrechte nach Frankreich, Spanien, Deutschland, Dänemark, Schweden und Norwegen.

Louis hatte die Idee, als Redner bei Messen aufzutreten, und vier Tage später war er bis Ende des Jahres ausgebucht.

Er stand Modell für Madame Tussaud & Sons, die ihn als Wachsfigur modellierten.

Auf der Straße rannten die Leute hinter ihm her und verlangten Autogramme. Er trug jetzt maßgeschneiderte

Knickerbocker und eine Norfolk-Jacke aus grau kariertem Tweed mit aufgesetzten Taschen. Der Schneider hatte protestiert, dies sei eine Jagduniform, und die jungen Männer, die in dieser Aufmachung neuerdings in der Stadt gesehen würden, seien eine Beleidigung für den guten Geschmack. Louis hatte die Bemerkung nickend zur Kenntnis genommen und gesagt: »Mein Herr: eine Jagduniform«, und noch einen silbergefassten Spazierstock aus Eiche verlangt, jenen mit Elfenbeingriff.

Die *London Times* titelte: DIE SENSATION DES AUSGEHENDEN JAHRHUNDERTS – 30 JAHRE UNTER WILDEN! Louis de Montesanto betrete zu einer Zeit die Weltbühne, so die Zeitung, da alle großen Entdecker tot seien.

Einer war in Uganda an Malaria gestorben.

Einer hatte im britischen Konsulat in Triest aufgehört zu atmen, unter einer Karte Afrikas und einem Banner mit der arabischen Inschrift *Alle Dinge gehen vorbei.*

Einer war in einem Zelt im Kongo erstochen worden.

Einer hatte einen letzten Blick auf die afrikanischen Jagdtrophäen in seinem Haus in Newton Abbot geworfen.

Louis de Montesanto sei das letzte Glied in der Kette einsamer Helden, so die Zeitung. Nun würden Regierungen die Kontrolle über ferne Länder übernehmen, Regierungen und ihre Soldaten.

Zu dieser Zeit überrannte Feldmarschall Horatio Herbert Kitchener in Afrika die Kämpfer von Emir Mahmoud zu den Lauten schottischer Flöten. Ketten wurden um Mahmouds Knöchel genietet und ein Halfter über seinen Kopf gezogen. Fiel er hin, prügelte man ihn auf die Beine.

In Omdurman mähte Kitchener die Mahdisten nieder, die mit Speeren bewaffnet waren. Er ließ das Grab des Mahdi öffnen und schnitt ihm den Kopf ab, weil er ein neues Tintenfass brauchte.

»Das ist ja wie im Mittelalter«, sagte Queen Victoria.

Als Kitchener Faschoda erreichte, war man in England der Ansicht, ein Krieg mit Frankreich sei unausweichlich.

Sir Richard verdreifachte die Auflage seines Magazins, und die folgende Ausgabe war innerhalb von vier Tagen ausverkauft.

Das Bild von Louis de Montesanto erschien auf der Titelseite jeder englischen Zeitung.

Queen Victoria kündigte an, »diesen Franzosen« zu adeln. In ihren Tagebüchern erwähnte sie ihn wiederholt unter dem Namen Sir Louis.

Montesanto-Bälle wurden veranstaltet, das Royal Opera House arbeitete an einer Oper zum Thema, und im Schaukasten des Court Theatre hing ein Plakat mit dem Titel ›Adventure unprecedented‹, das eine Version von Louis de Montesanto mit breiter Brust und starkem Hals zeigte, auf Stelzen und somit zwei Köpfe größer als die schwarzen Gestalten um ihn herum.

Louis stand eines Nachts vor diesem Plakat. Die Straßen waren leer, und kein Laut war zu hören. Er klopfte mit seinem Eichenstock auf die Pflastersteine, schaute zu sich selbst hoch und erkannte sich nicht. Er stieß einen kaum hörbaren Klageton aus.

22

Drei Wochen lang machte er keinen Schritt vor die Tür des Savoy Hotels. Er ließ sich eine Kiste mit Büchern bringen, und während es draußen regnete, saß er vor dem Kamin und las Narcisse Pelletiers *Chez les sauvages*, John Morgans *Life and Adventures of William Buckley*, Henniker Heatons Textsammlungen und James Morrills Bericht über seine siebzehn Jahre unter den Aborigines.

Zum ersten Mal las er in einem Raum mit elektrischem Licht, unter einem Lampenständer aus gegossenem Messing und mit einem Schirm wie ein Blütenkelch.

Im Schlafzimmer stand ein Eastlake-Bett aus Mahagoni mit Vorhängen aus Chintz, die von einer goldenen Kordel zusammengehalten wurden. Das Bett hatte eine moderne Federmatratze, aber er schlief lieber unter einem der Fenster im Salon auf dem Teppich. Die Wände waren mit Khayaholz getäfelt, das nach Leinöl roch und über einem kunstvoll gedrechselten Vorsprung in Stuck überging, wo Frauen in wallenden Röcken mit Kindern an der Hand zwischen Bäumen tanzten. Über dem Kamin hing das Porträt einer Frau, sie hatte den Kopf in Richtung des Betrachters gedreht und trug einen schwarzen Panaji-Turban. Ihre Schultern waren in algenfarbenen

Kattun gehüllt, und darunter schimmerte blassrosa eine Bluse.

Während vieler Stunden versuchte Louis, diesen Blick zu deuten, der zwischen Verwunderung und Erhabenheit lag, und vor dem Spiegel im Badezimmer übte er so lange, bis er sein Gesicht mit demselben Ausdruck vernebeln konnte, wenn auch mit einer zerknitterten Version davon.

Sein prunkvolles Zimmer liebte er, und im Vertrag mit dem *Globe Magazine* hatte sich Sir Richard verpflichtet, bis zu Louis' Tod für dessen Lebenskosten und somit auch für dieses Zimmer aufzukommen. Louis hingegen hatte sich bereit erklärt, auf jegliche Barzahlungen zu verzichten, mit der Begründung, seit seiner Rückkehr in die Zivilisation sei er allergisch gegen Geld, und wenn er eine Banknote auch nur anfasse, verursache das bei ihm sofortigen Brechreiz und unkontrollierbaren Durchfall. Wenige Wochen später würde der Vertrag mit dem *Globe Magazine* allerdings auf mysteriöse Weise verschwunden sein, inklusive aller Kopien.

Sir Richard kam täglich im Savoy vorbei und brachte Zeitungen, die *Chicago Tribune*, die *Los Angeles Times* oder den *San Francisco Chronicle*, die über Louis de Montesanto schrieben, dieses »Wunder des ausgehenden Jahrhunderts«. In Paris wurde ebenfalls über ihn berichtet, allerdings musste man dafür bis zu den letzten Seiten der Zeitungen blättern, da die Dreyfus-Affäre alles andere verdrängte. Die Journalisten hüteten sich davor, in der Bevölkerung allzu viele antibritische Gefühle zu wecken, da man die Engländer bei einem allfälligen Konflikt mit Deutschland noch als Verbündete brauchen konnte. In England waren weiterhin sämtliche Frontseiten für Louis reserviert, da es aus Faschoda keine Neuigkeiten gab und weil die Freude darüber, einen adeligen Franzosen für sich gewonnen zu haben, ohnehin einem verfrühten Sieg gleichkam.

Sir Richard hatte mit einigem Befremden festgestellt, dass die einzige Publikation, die er aus der Schweiz auftreiben konnte, das statistische Jahrbuch war, ein fünfhundert Seiten dicker Papierstapel, und dass die Schweizer sich anscheinend mehr für ihre 479.423 Apfelbäume, 81.599 Hunde und 1.838,8 Quadratkilometer Gletscher interessierten als für einen Mann von Welt. Louis rührte das Jahrbuch nur einmal an, als er es quer durch den Raum hievte und vor dem Fenster auf den Boden wummerte, damit er sich daraufstellen und die Sicht über die Themse besser genießen konnte.

Einmal brachte Sir Richard das Manuskript der Buchversion von *The Adventures of Louis de Montesanto – As Told by Himself* vorbei. Louis las es, von der ersten bis zur letzten Seite. Dann ließ er sich eine Schere bringen und schnitt die Absätze aus den Seiten heraus. Er bestellte beim Zimmerservice eine Rolle Metzgerpapier und klebte die Absätze darauf, der Reihe nach, aber einige Absätze verschob er nach oben oder unten. Das Metzgerpapier schlängelte sich vom Schlafzimmer zum Salon und über den Kronleuchter wieder zurück, immer im Kreis, wie eine seltsame Girlande.

Er achtete sehr auf den Spannungsbogen, der steigen und abflachen musste, und manche Passagen schrieb er neu. Als er sich überzeugt hatte, dass über der Geschichte seine absurde Wahrheit schwebte, die alles belebte, da rollte er das Metzgerpapier wieder auf, schrieb Sir

Richards Adresse darauf, drückte die Rolle einem Boten in die Hand und sagte: »Weg damit.«

Für die Journalisten nahm er sich immer nachmittags Zeit, um drei Uhr. Sie waren sehr an seiner Beziehung zu Yamba interessiert. Stellten sie ihm Fragen zu seiner Tochter, sank er tiefer in seinen Sessel. Dann gab er vor, die Augen würden ihm zufallen, man wolle doch bitte über Wesentliches reden.

Einer jedoch, ein schmaler Mann vom *Examiner* mit spitzer Nase, bohrte derart schamlos in der Vergangenheit, dass Louis schließlich nachgab. Er erzählte von seinem großen Erstaunen über die vollkommen durchschnittliche Körpergröße des Babys, erzählte vom himmlischen Geruch nach Milch und Honig in den Poren dieses kleinen Wunders, erzählte, wie schnell das Kind gewachsen sei, lang und schmal, wie eine Sonnenblume sei es ihm vorgekommen, die den Kopf in die Höhe reckt.

Der Mann vom *Examiner* schrieb jedes Wort auf, sein Bleistift sauste über das Papier, und Louis empfand das Bedürfnis, die Stille mit seiner Stimme zu füllen. Das schönste Menschenwesen sei sie gewesen, nicht käsig weiß, nicht schwarz wie Kohle, etwas Unbegreifliches sei an der Farbe ihrer Haut gewesen. Makellos sei ihr Gesicht gewesen, und er habe nie aufhören können, ihre Wangen in seine Hände zu nehmen. Ihr Haar sei dunkel aus ihrem Kopf geflutet und habe sich zu blonden Spitzen gewellt.

Der Mann hörte auf zu schreiben: »Sie haben sie geliebt?«

»Geliebt?«, rief Louis, »geliebt?«

Tag und Nacht habe er dem Kind Geschichten erzählt, Pläne habe er gehegt, große Pläne, sie würde einst durch die Tore der Zivilisation nach London schreiten, in Seidengewänder gekleidet, und auf den Stühlen der besten Universitäten Platz nehmen. Eine Poetin würde sie werden, im Dichterhimmel habe er sie bereits gesehen, dort oben direkt zwischen Blake und Coleridge. Ihr Geist habe gefunkelt und geglitzert wie ein Heiligenschein.

Und warum, fragte der Mann mit der spitzen Nase, sei sie denn jetzt nicht hier?

Louis schwieg. Er schwieg, und dann schlug die Pendeluhr in der Ecke vier Mal, er rief: »Tea Time!«, hüpfte auf, streckte die Hand aus und säuselte: »Es war mir eine Ehre.«

Nach den Interviews mit den Journalisten bestellte er sich das Abendessen. Es kam auf einem Handwagen aus poliertem Messing. Geschoben wurde der Wagen von einer jungen Frau, deren Musselinschürze mit einer Masche auf dem Rücken festgeknotet war. In ihren Haaren steckte eine geklöppelte Haube, und als Louis im Bademantel die Zimmertür öffnete, errötete sie, senkte den Blick und hob die silberne Servierglocke von einem der Teller.

Louis beugte sich über jedes Gericht, den Steinbutt und den Hummer an Sauce hollandaise, die Rotbarbe an Béchamelsauce, die Pasteten mit Kürbis und Austern, die Lammkoteletts mit Spargel, das Stew à la jardinière, die Regenpfeifereier in Schweinskopfsülze, die Sardinen und die rote Rübe und den Sellerie und die Ananascreme.

»Auf das Piano«, sagte er.

»Aber das ist doch kein Tisch«, sagte die junge Frau, und Louis wiederholte: »Auf das Piano.«

Er war kaum groß genug, um am Piano essen zu können, da er die Ellbogen auf die Höhe der Schultern heben musste.

Als die junge Frau den Handwagen in Richtung Tür zurückschob, legte Louis Gabel und Messer auf das Ebenholz nieder und sagte, es sei doch scheußlich kalt hier drin. Die junge Frau ließ den Wagen stehen. Sie bückte sich, um Scheite ins Feuer zu legen. Da trat er von hinten an sie heran und zog an der Masche ihrer Schürze.

Etwa zu der Zeit, als Feldmarschall Kitchener in Faschoda den französischen Kommandanten für ein Gespräch zu Tisch bat, begann Louis widerwillig, Einladungen zum Tee, zu Dinner Partys und Bällen anzunehmen. Er verließ seine Einsiedelei im Savoy und begab sich zwischen Wolken aus Zigarrenrauch und Wänden aus Gelächter. Aber es dauerte nie lange, bis er rührselig dem Butler nachschaute und sich wünschte, er könne mit ihm die Rollen tauschen. Das heitere Glucksen und gegenseitige Schulterklopfen kam ihm abscheulich vulgär vor, nun, da er Teil davon war. Und er war überzeugt, dass ihm diese Leute letztlich rein gar nichts gönnen würden, nicht einmal einen Husten. Er schlich sich zur Toilette, hockte sich auf den Klodeckel und lauschte der Stille. Dann stahl er sich zum Hinterausgang, huschte durch den Garten, kletterte über den Zaun und duckte sich in den Schatten jenseits der Straßenlaternen.

23

Er wurde beim Betreten des Hauses fast ohnmächtig. Sir Richards Hand auf seiner Schulter fühlte sich an wie der Rüssel eines Elefanten. Louis drehte sich leicht ab, nicht so stark, dass es aufgefallen wäre, aber doch genug, um das Verlangen nach Flucht zu mindern.

Hinter der Eingangstür konnte er den Blick von einem gusseisernen Schirmständer nicht abwenden. In den Fuß waren zwei Flamingos eingelassen, Rücken an Rücken, mit gekrümmten Hälsen und hochgezogenen Flügeln, wie zum Angriff bereit. Zwischen ihnen schnörkelte sich ein Wirrwarr aus Farnen und Blumen einen Stängel empor, bis zu zwei kreisrunden Haltern, die an Heiligenscheine erinnerten.

Der Schirmständer stand halb auf wachsgebundenen Fliesen und halb auf einem Hammersmith-Teppich, der zur Treppe führte und dort von goldenen Stäben auf den Stufen gehalten wurde.

Sir Richard schob Louis in den ersten Stock hoch.

Sie schritten durch einen tiefen Türrahmen in eine Bibliothek, die wie eine Höhle anmutete. Louis blieb in der Mitte des Raums stehen. Ein Mann stürzte mit erhobenen Armen auf ihn zu. Louis schaute in ein Habichtgesicht, an dessen Kinn ein Beutel schlackerte.

Sir Ian Melville war eine Koryphäe auf dem Gebiet der Expedition, obwohl der Start seiner Karriere etwas unglücklich verlaufen war. Er hatte einen Suchtrupp losgeschickt, um einen verschollenen englischen Doktor in Afrika zu finden, aber dann kroch plötzlich ein verstockter kleiner Mann aus dem Busch, der behauptete, diesen Doktor bereits gefunden zu haben. Sir Ian war sich sicher, dass dieser kleine Mann ein Lügner sei, und versuchte, eine Auszeichnung durch die Royal Geographical Society zu verhindern. Dann stellte sich allerdings die Wahrheit heraus, und das Gefühl der Schmach wurde Sir Ian nie los.

Nun stand er kurz vor seiner Pensionierung, und die wollte er als lebende Legende antreten.

»Der moderne Robinson Crusoe!«, rief Sir Ian und vergrub Louis' Finger in seinen Händen.

Louis' Blick schweifte ab, folgte den Bücherregalen entlang nach oben und dann weiter hoch zu den Porträts von Robert FitzRoy, Thomas Brunner, Richard Burton und John Speke, die Heiligen. Über ihnen hing eine Deckenrosette, so groß wie ein Wagenrad, von der sich goldene Plättchen schälten.

»Wir leben doch alle auf einer einsamen Insel«, sagte er finster.

»Ah, ein bescheidener Mann!«, rief Sir Ian und wies Louis einen Sessel am Kamin zu.

Als Louis saß, beugte sich Sir Ian vor, inspizierte die vielen Falten in Louis' Gesicht, nickte anerkennend und zupfte sich an der Nase.

»Man sieht Ihnen an«, sagte Sir Ian, die Falten nachzeichnend, »dass Sie Ihr Leben in der Wildnis verbracht haben.«

Sir Ian sprach von guten Aussichten auf die Goldmedaille der Society, er sprach vom Kongress der British Association, der in einigen Wochen stattfinden würde und für den er Louis bereits als Redner angemeldet habe. Er sprach von Fellowship. Er sprach von den Franzosen und den Sudanesen und Faschoda, und während er dampfendes Wasser aus einem Samowar plätschern ließ, sagte er: »Sie haben das richtige Land gewählt, Louis.«

Louis streckte Daumen und Zeigefinger aus, hob den Unterteller vom Tisch und spitzte die Lippen, um über den milchigen Tee zu blasen. Seine Hand zitterte.

»Wann immer ich Tee trinke«, sagte Louis, »kommt mir ein Frosch in den Sinn.«

Sir Ians Lachen erschreckte ihn.

Er schüttete etwas Tee über seine Hose.

Als er aufstand, hob er das Kinn und blickte seine Zuhörer an, aber es kamen keine Wörter aus seinem Mund, er neigte den Kopf und ging quer durch den Raum. Er stellte sich vor den Kamin und rieb die Hände. Er schaute zu Darwin hoch, der aussah, als würde er ein pelziges Tier um den Hals tragen.

Sir Ian hatte sich mittlerweile gesetzt, aber nun hoffte Louis, die beiden Männer würden aufstehen und den Raum verlassen. Er stellte sich ans Fenster und schaute auf die Straße hinunter. Als er sich umdrehte, saßen die beiden noch immer da.

»Nun«, sagte er und ging langsam im Kreis, »wir sind beim Frosch stehen geblieben.«

Er sprach von einem Tier, das die Aborigines Wasserbeutel nannten, ein Frosch, der Wasser in seiner Blase speicherte und den man bei großem Durst aussaugen konnte.

Er beschrieb die Warzen, die kurzen dicken Beine, den glänzenden hellen Bauch und die Haltung des Tiers, die an ein kniendes Baby erinnerte. Er sprach von Eidechsen, die keine Beine hatten, aber keine Schlangen waren, und von Echsen, die Hitze bis fünfzig Grad aushalten konnten. Wenn man deren Blut aussog, fühlte sich das noch immer kühl an. Er sprach von einem Vogel, den er gesehen habe und der ein Donnervogel habe sein müssen; sprach dann lange vom fliegenden Wombat, der allerdings nachtaktiv sei und dessen Anatomie er nur erahnen könne.

»Alles sehr stimmig«, sagte Sir Ian, »Sie sind ein wirklich außerordentlicher Mann der Wissenschaft.«

Sir Ian stand auf und ging zum Samowar. Er hob den Deckel einer Teedose, Twinings, ließ Blattkrümel in ein Tee-Ei rieseln und tunkte das Ei ins heiße Wasser seiner Tasse. Er räusperte sich.

»Dann lassen Sie uns mal über die Liebe sprechen«, sagte er.

Louis sagte, er verstehe nicht, und Sir Ian sagte, er habe da diesen Artikel gelesen, spannend, durchaus, aber nicht tief genug. Das Konzept der Liebe zu diesen Wilden interessiere ihn brennend, Louis solle ihn nicht falsch verstehen, Details über seine Ehefrau, diese grässliche Hexe, könne er sich sparen, aber wie sei das nun noch mal gewesen mit der Tochter? Doch nicht wirklich Liebe?

Louis schwieg. Dann sagte er: »Es gibt da etwas, über das ich noch nie gesprochen habe.«

Er erwartete, dass Sir Ian abwinken würde, aber Sir Ian sagte: »Gut, sehr gut.«

Louis sagte, es hätte da eine Nacht gegeben, in der er die Hand des Kindes gehalten habe, Regentropfen hätten auf ihrer Haut geglitzert und Schweißtropfen auf der glühenden Stirn. Ihr Körper sei auf Zweige gebettet gewesen, unter einem Mulgabaum. Am Horizont wären Blitze aufgezuckt, und ein starker Wind habe das Geräusch des Donners fortgetragen. Er habe zu Gott gebetet, obwohl er sich nicht habe erinnern können, wie man das macht. Und mit jedem Zucken des langen schmalen Körpers schien ihn dieser Gott nur zu verhöhnen.

Mit den Fingerkuppen habe er nach der Arterie ihres Halses getastet, denn er habe den Moment nicht verpassen wollen, wenn sie ihn verlassen würde.

Ihm sei es nicht mehr möglich gewesen, einen einzigen Gedanken zu fassen, als wäre er schwachsinnig geworden. Habe er versucht, einen Plan zu fassen, wie er zu Fuß die nächste Ortschaft erreichen könne, so habe alles in einem Nichts geendet, die Gedanken wie weggefressen, ohne irgendeine Form. Stets habe er geglaubt, dass es die Ideen seien, für die es sich zu leben lohne, nicht die Dinge, aber nun seien diese Ideen verschwunden gewesen, in einem gierigen Schlund, klaffend in seinem Geist.

Plötzlich habe er dann einen sanften Druck an seinem Zeigefinger gespürt, er habe den Kopf gehoben, die Sonne sei gerade aufgegangen, Grillen zirpten ins Blassrosa des Himmels, da habe ihre Hand nach ihm gegriffen und er habe so hysterisch gelacht, dass er kaum noch Luft bekam.

Im nächsten Moment habe ihn allerdings ein Schaudern erfasst: Denn nie hätte er es für möglich gehalten, sich einem Menschen so nah zu fühlen.

Sir Ian wischte sich eine einsame Träne aus dem Winkel des rechten Auges, und Sir Richard schniefte in ein Taschentuch.

Den Rest des Nachmittags sagte Louis fast nichts mehr. Er beantwortete Sir Ians Fragen mit »Ja« und »Nein«, und einmal ging er zur Toilette, denn er erkannte seine Stimme nicht mehr und musste in den Spiegel schauen, um sich zu vergewissern, dass es ihn noch gab.

Als er wieder in die Bibliothek trat und sich setzen wollte, verfehlte er den Stuhl und schlug mit dem Kopf auf den Boden. Er fühle sich miserabel, sagte er einige Minuten darauf, und verlange, ins Hotel zurückgefahren zu werden.

24

Eine Woche verbrachte er im Bett und weigerte sich, mit irgendwem zu sprechen. Den Arzt, den Sir Richard geschickt hatte, ließ er vor der Tür stehen. Während er Stephen Cranes *Das offene Boot* las, fiel ihm plötzlich ein, dass er etwas brauchte, worüber er sich freute.

Er klappte das Buch zu, stellte sich ans Fenster des Savoy und schaute in den Regen. Mit den Fingerkuppen strich er über seine Wangen und wurde das Gefühl nicht los, die Kontrolle über sein Leben verloren zu haben. Da schien etwas Finsteres und Trauriges in der Zukunft zu lauern. Aber er wollte die Minuten noch auskosten, bis es über ihn hereinbrach.

Wenn er tief in sich nach Schönheit forschte, erstrahlte dort Louis, der große Louis, in Jahren der Vorbereitung geformt, Tag für Tag zur Perfektion gefeilt und geschliffen und auf Hochglanz poliert. Louis war ein Kunstwerk, in sich vollkommen, er war sozusagen aus dem Universum herausgekraxelt, hatte sich aus dem Nichts materialisiert, um in der realen Welt Form anzunehmen, und bald würde auch noch ein Buch seine Existenz auf Papier bannen und sie tausendfach vervielfältigen und belegen. Aber nun, ausgerechnet jetzt, begann aus der Ferne die Stimme von

Hans Roth zu klagen: Dies alles sei doch letztlich ein großer Fehler gewesen. Ein unerträglicher Widerling und erstklassiger Mistkerl sei dieser Louis, ein Untergang mit Bart und Haaren. Worauf Louis antwortete, Hans sei nichts als ein eifersüchtiges Landei, ein engstirniger Provinzler ohne auch nur die leiseste Ahnung von wahrer Größe, bloß ein weiterer Farbloser aus dem Land des Durchschnitts. Das ließ Hans nicht auf sich sitzen, und er ermahnte Louis, dass es nicht umsonst einen Helden namens Ikarus gegeben hätte, und auch Louis würde vom Himmel stürzen, mit brennenden Flügeln. Da kläffte Louis zurück, dieser Ikarus könne ihm gestohlen bleiben, ehe er auf den Boden pralle, habe er sich längst neu erfunden.

Louis verfluchte diesen kleinen Hans, die Weitsicht eines Maulwurfs habe er und einen Schädel so hart wie ein Wurzelstock; sozusagen mit dem Spalthammer habe er, Louis, diesen Schädel aufknacken müssen, um Hans' Horizont auch nur ansatzweise zu erweitern. Ohne Louis sei Hans nichts, rein gar nichts, ohne Louis wäre dieser schäbige Winzling gerade mal bis nach Olten gekommen, keinen Meter weiter als Olten, eine Fliege sei er, eine Kakerlake, man müsse ihn zerklatschen, zerstampfen, zermalmen.

In dieser Nacht konnte er nicht schlafen. Im Morgengrauen beruhigte er sich bei einem ausgedehnten Bad, und dabei schaute er den Scheiben im Badezimmer zu, die langsam beschlugen. Er zog eine goldene Kordel, und ein Bote trat ein, und er schickte den Boten mit einer langen Liste zu Sir Richard.

Sir Richard brachte so viele Bücher, dass man im Savoy ein zweites Zimmer mieten musste und zudem noch einen

Schreiner anstellte, der den Raum zu einer Bibliothek umbaute. Das reichte Louis jedoch nicht.

Bei Hatchards am Piccadilly bestellte er das komplette verfügbare Sortiment an wissenschaftlicher Reiseliteratur, sämtliche Expeditionsberichte sowie alle Biografien, die auch nur annähernd etwas mit fremden Ländern zu tun hatten. Der Buchladen war zu zwei Dritteln leer, als ein Dampflastwagen der Marke Foden in Richtung Savoy fuhr. Gehilfen brachten die Bücher per Schubkarren in Louis' Zimmer. Nachdem er die Bücher im Salon thematisch und alphabetisch zu Säulen geordnet hatte, sank er resigniert zu Boden. Er hätte hundert Jahre gebraucht, um das alles zu lesen, aber diese Zeit hatte er nicht. Somit waren ihm die Bücher wertlos.

Er stapelte einige der Bücher zu einem Quader, über den er ein Bettlaken warf und worauf er fortan lag, den Blick aus dem Fenster gerichtet.

25

Um fünf nach sechs verließ Avery Tambling-Goggin, der Chefredakteur der *Century Gazette*, sein Schlafzimmer. Es war der 3. November 1898, ein Donnerstag. Tambling-Goggin trug lotosfarbene Samtpantoffeln und war in eine Strickdecke gewickelt. Seit drei Tagen wurde er auf dem Kongress der Association of the Advancement of Science für die Berichterstattung erwartet, aber er konnte sich nicht aufraffen, hinzugehen.

Viele Jahre später würde er in einem rätselhaften und umstrittenen Buch mit dem Titel *My Hidden Life* folgendes beschreiben: Er ging den Korridor entlang und öffnete die Tür zu einer Kammer ohne Fenster. Er setzte sich auf einen hölzernen Stuhl ohne Polster, winkelte die Beine leicht an und stützte die Füße auf den Zehen ab. Er beugte sich vor und stützte die Ellbogen auf den Schreibtisch.

Ein leeres Blatt Papier lag bereit.

Neben dem Papier lag ein dünnes Rohr aus Silber und Stahl, etwa so lang wie ein Finger. Das eine Ende des Rohrs hatte einen geprägten Ring, das andere Ende hatte ebenfalls einen Ring, den man aber wegdrücken konnte. Aus dem Rohr erschien ein zweites Rohr. Es war nur so lang wie ein Daumennagel und verjüngte sich zu einer Spitze. In die Seite dieses Kegels war ein Schlitz geschliffen, dessen Kanten man mit einer Feile schärfen konnte.

Avery Tambling-Goggin hatte die letzten Tage damit verbracht, diese Kanten zu schleifen, wie ein Krieger seine Säbel schleift.

Er streckte den Arm aus, griff in eine hölzerne Schachtel und entnahm ihr einen Bleistiftstummel. Er steckte den Stummel in den kegelförmigen Hut und schaute zu, wie sich eine dünne Scheibe Holz löste und sich der Raspel bog wie Papadam in einer heißen Pfanne. Er zog den Stummel aus dem Kegel und steckte die Rückseite ins Rohr.

Mit Daumen und Zeigefinger klemmte er den Bleistift fest, legte die Spitze auf das Papier und ließ das Rohr im Speichenrand ruhen.

Nichts geschah.

Sein Kopf fiel in den Nacken, und dann beugte er sich wieder vor, die Stirn in Falten, die Knöchel seiner rechten Hand wurden weiß, er zerrte den Stummel aus dem Rohr und warf ihn mit einem Schrei an die Wand.

Er legte sein Gesicht in die Hände.

Er griff unter das Tischblatt, zog eine Schublade auf und holte eine Liste heraus. Die Liste trug den Titel »Mögliche französische Spione«, und darunter standen viele Namen, unter anderem Louis de Montesanto, und dieser Name war eingekreist.

Er nahm einen neuen Stummel aus dem Kistchen und beobachtete den Holzspan, der sich kräuselte.

Als er die Kammer verließ und ins Schlafzimmer zurückging, öffnete er die Schranktüren, die leicht knarrten, er atmete den Geruch frisch gewaschener Kleidung. Unter dem Schrank zog er einen Koffer hervor. Er schlug den Deckel zurück.

Seine Finger glitten durch unzählige Papierschnipsel von Artikeln, die er geschrieben hatte. Aus der Küche holte er sich eine Tasse Tee, dann setzte er die Tasse auf den Boden und wühlte durch die Schnipsel.

In dem Moment, als er wahllos einen Artikel hervorzog, kam ihm eine Idee, er stürzte mit dem Papierfetzen in der Hand in die Schreibkammer, und noch bevor er sich gesetzt hatte, griff er nach dem Bleistift, als wolle er zu arbeiten beginnen. Aber dann hielt er inne und sank resigniert auf den Stuhl.

Er stützte den Ellbogen auf den Tisch ab und das Kinn auf die Hand und wedelte mit dem Papierschnipsel vor seinem Gesicht.

Es war einer seiner ersten Artikel, eine komplizierte Theaterkritik von *The Moon above Rangoon*. Sein Text hing zur Mitte hin leicht durch, was den Spannungsbogen vermieste; er hatte diesen Fehler wettmachen wollen durch pikante Details aus dem Privatleben der Dramaturgin.

Während er las, kniff er die Augenbrauen zusammen, als würde er Schmerzen empfinden.

Dann plötzlich glitt das Papier aus seiner Hand, segelte durch die Luft und schlitterte über den Boden.

Die Erinnerung war noch da: Dieser pfauenhafte Kerl mit einem Dreispitz aus einer längst vergangenen Zeit auf dem Kopf, wie er ständig im Raum auf und abgegangen war. Er hatte Beine wie ein Specht gehabt, die in gestreiften Leinenhosen steckten. Im ersten Moment hätte man denken können, er sei ein Kind, so klein war er. Hin und wieder wirbelte er auf dem Absatz herum, aber nicht, um eine Tasse Tee zu servieren, sondern um auf dem Wohnzimmertisch nach einem Mangoschnitz zu greifen, den er sich genüsslich in den Mund schob. Der Bengel war als Diener angestellt, obwohl er offensichtlich eine andere Funktion hatte, bloß war nicht klar, welche. Als Tambling-Goggin während des Interviews mit Emma Campbell dann doch nach einer Tasse Tee verlangt hatte, schloss dieser Frechdachs halb die Augen, führte die Hand an den Mund und leckte sehr langsam jeden einzelnen Finger ab.

Tambling-Goggin fühlte noch heute die Bestürzung, die sich damals in ihm breitgemacht hatte, und die Verwirrung darüber, ob es sich bei dieser Figur um einen Diener oder allenfalls den Charakter eines Dieners in einem Schauspiel handelte. Nun aber rannte er ins Schlafzimmer, zog in aller Eile Hose und Hemd an und schlüpfte in Schuhe. In der Tür blieb er kurz stehen, dann sprang er die Stufen hinunter. Während er die Straße entlangging, knotete er seine Krawatte und fasste sich bestürzt an den Kopf. Wie ein Mann, der bemerkt, dass er keinen Hut trägt.

26

Es war ein außerordentlich warmer und sonniger Spätherbst. Die Franzosen zogen sich aus Faschoda zurück. Am nächsten Tag saßen die Menschen in London schon früh am Morgen vor den Pubs, schwitzten in weißen Hemden; in den Straßen roch es nach Bier, und man verstand kein Wort über dem Klimpern der Gläser. Sogar die Bettler lachten.

»Was für ein Haufen Feiglinge«, sagte Louis in seinem Zimmer im Savoy und warf die Zeitung auf den Salontisch.

Er nahm den Fahrstuhl in die Lobby, ging durch die Drehtür, bog in The Strand ein und fuhr mit der Straßenbahn zum botanischen Garten in Chelsea, wo er zu seiner Abschlussrede auf dem Kongress der Association of the Advancement of Science erwartet wurde.

Er hatte am Montag mit einer Zusammenfassung seiner Abenteuer begonnen, die den meisten Zuhörern schon bekannt waren, sich aber als Einstieg ins Thema anboten. Das Zelt im botanischen Garten war zum Bersten voll gewesen, die Leute drängten sich um den Ölbaum, die Libanonzeder und den Ginko, sie trampelten über die Aeonien in den Rabatten, und als das Tor abgeschlossen wurde, kletterten sie auf die Gartenmauer, um einen Blick auf Louis erhaschen zu können.

Den Dienstag eröffnete er mit folgenden Worten: »*galaia badada malu gingin, banga dilti bucura darca*«, die er nicht übersetzte, was auch gar nicht nötig war, denn der Applaus war derart tosend, dass sein »danke, danke« völlig darin unterging. Dann allerdings widmete er den Rest des Tages der Flora Australiens, damit sich das Volk ein wenig beruhigen konnte. Am Abend wurde der Verkaufstisch überrannt, wo *The Adventures of Louis de Montesanto – As Told by Himself* auslag. Man musste aus der Redaktion weitere Kisten mit Büchern heranschaffen, und in derselben Nacht gab Sir Richard die nächste Auflage in Druck.

Am Mittwoch referierte Louis über zwischenmenschliche Beziehungen bei den Wilden und insbesondere über seine Tochter, damit die Journalisten aufhörten, lästige Fragen zu stellen, und die Menge draußen vor dem botanischen Garten war so wild und aufgepeitscht, dass die Polizei nur mit Mühe das Stürmen der Gartenmauern verhindern konnte. Louis musste den Kongress durch ein Loch in der Hecke verlassen, er trug einen Homburger tief in die Stirn gezogen und einen Kutschermantel mit hochgeklapptem Kragen, da beim Hauptausgang die Fans warteten, die ihn berühren wollten. Ein paar Straßen weiter wurde er dann doch erkannt: von einer Gruppe belgischer Wissenschaftler. Sie waren ganz erregt, als sie über die vielen Falten im Gesicht des zivilisierten Wilden strichen. Sie forderten ihn auf, einen Salto zu vollführen, was er auch tat, und sie riefen begeistert »Oho!«. Als er noch einen Flickflack zeigte, warfen sie vor Freude die Arme in die Luft.

Der Donnerstag stand im Zeichen der Meeresschildkröte, und Louis erklärte im Detail, wie man sie reitet: Man müsse mit den Zehen die Augen des Tiers zudrücken, um es zu navigieren. Er wedelte mit einem kurzen Stück Hanfseil mit zusammengeknoteten Enden über seinem Kopf und forderte die Zuhörer auf, ein Tier aufzutreiben. Er würde ins Wasser steigen und das Seil ins Maul der Schildkröte legen und eine Runde drehen. Die Leute klatschten und stampften und schrien. Es kam zu einem Eklat, als eine junge Frau auf die Bühne kletterte, aber die Frau wurde im letzten Moment von einem Butler zurückgehalten. In der Folge stürzte das Rednerpult vor die Füße der Zuschauer und zerbrach in zwei Teile.

So etwas hatte man an der British Association noch nicht erlebt. Auf dem Kongress wurde zwar noch eine unbekannte Art Sumpfdotterblume aus der Familie der Hahnenfußgewächse vorgestellt sowie die Theorie einer neuen Luftballon-Technik, und ein italienischer Physiker mit irischem Akzent und starrem Puppengesicht quälte sich durch einen endlosen Vortrag über drahtlose Telegrafie, aber der Star der Veranstaltung war Louis de Montesanto.

Nach den Reden kümmerte er sich um die ausländischen Journalisten, die aus Holland, Frankreich, Spanien, Deutschland und Italien angereist waren, und einmal rief er in die Menge nach einem Schweizer, zuerst auf Englisch, dann auf Deutsch, und als niemand antwortete, noch auf Französisch, aber da war kein Schweizer. Ein Schwede meldete sich und sagte, er könne das gern für die Schweiz übernehmen, und alle lachten, außer Louis.

Wegen des Tobens rings um den botanischen Garten wurde am Donnerstagabend entschieden, den letzten Tag des Kongresses im angrenzenden Ballsaal abzuhalten.

Bevor der Saal am Freitag geöffnet wurde, traf sich Louis mit Sir Ian Melville und Sir Richard Mayne zum Tee.

Sir Ian war sehr besorgt über das neue Rednerpult. Es war zu hoch, er schickte den Butler in den Keller, um eine Weinkiste zu holen, auf die sich Louis stellen konnte, und als die Kiste kam, brauchte man noch eine zweite.

Sir Richard äußerte ein gewisses Unbehagen darüber, dass er von einem Kollegen bei der *Century Gazette* erfahren habe, Avery Tambling-Goggin wolle heute am späteren Vormittag ein Extrablatt herausgeben, das »den wahren Louis de Montesanto« zum Thema habe, und er frage sich, worum es sich dabei handeln könnte.

Louis winkte ab.

»Die Auszeichnung der Society ist auf bestem Weg«, sagte Sir Ian, »nur noch eine Frage von wenigen Tagen.«

»Sie tragen eine schöne Krawattenspange, wirklich, Sir«, sagte Louis.

Sir Ian stockte, als sei er sich nicht sicher, ob das eine humorvolle Bemerkung war, ausgehend vom viel zu großen Rednerpult und der Tatsache, dass Louis' Augenhöhe auf Höhe einer Krawattenspange am Hemd eines ausgewachsenen Mannes lag, oder ob das allenfalls ein Seitenhieb darauf war, dass sich das mit der Medaille so sehr hinzog.

»Mit der Auszeichnung werden Sie eine bekommen«, sagte er und strich sich über die Oberlippe.

Louis sagte: »Ich wünschte, ich hätte jetzt schon eine.«

Sir Ian zog die Spange ab und klemmte sie an Louis' Knopfleiste.

»Die Krawatte auch«, sagte Louis.

27

Das Gesicht wurde von einem Glas Brandy und einer zitternden Hand verborgen. Als das Glas auf den Schreibtisch niederschwebte, kamen graue Wangen, rote Augen und blaue Lippen zum Vorschein.

Der Mann wirkte nackt.

»Haben Sie wirklich alles erfunden, Louis?«, fragte er.

Keine Antwort.

»Sie haben nie die Wahrheit gesagt?«

Keine Antwort.

»Was war das?«

»Die perfekte Geschichte, die alle hören wollten.«

Sir Richard nickte und griff nach seiner Tabakdose. Seine Hand zitterte. Er stopfte etwas Tabak in den Turban des Sultans und legte die Pfeife zur Seite.

»Dann sagen Sie mir jetzt, wie es wirklich war.«

»Welche Version, Sir?«

28

The Birmingham Courier schrieb unter dem Titel »Die ganze Wahrheit«, Louis de Montesanto sei nicht in Paris geboren, sein Vater sei kein vermögender Geschäftsmann gewesen und der Privatunterricht an der Eliteschule eines gewissen Professor Sessire, der in Bombay in der britischen Armee gedient haben soll, sei ebenfalls Erfindung. Der Frankreich-Korrespondent des *Courier* habe gestern aus der Schweiz telegrafiert, nachdem er mit eigenen Augen das Geburtenregister gesehen habe, in dem Hans Roth aufgelistet sei, als Sohn von Ruth Roth in einem Dorf namens Schöndorn. Es sei nicht untertrieben, das Dorf eine Ansammlung schmutziger Gehöfte zu nennen, im ärmsten Teil des Landes, in dem inzuchtbedingter Kretinismus grassiere. Der Vater sei ein bekannter Säufer gewesen. Betagte Dorfbewohner hätten gesagt, vor Jahrzehnten sei Hans Roth hier weggelaufen und gelte seither als verschollen.

The New York Mail schickte einen Korrespondenten für zwei Monate nach Schöndorn, wo er eines Morgens Ruth Roth zur Rede stellte, als sie ihr Haus durch die Hintertür verlassen wollte. Sie soll beim Anblick des Fotos ihres Sohnes zusammengebrochen und wiederholt »mein lieber,

lieber Junge« gerufen haben. Kein Tag sei vergangen, an dem sie nicht für ihn gebetet habe.

The Chicago Daily News führte ein Interview mit Charles Bischofberger, dem »landesweit bekannten Hersteller von Reisenecessaires«. Das Interview begann so: »Ich versuchte nach bestem Wissen und Gewissen, diesen jungen Mann auf den rechten Weg zu leiten und ihm die Ethik unseres gemeinsamen Geburtslandes zu verinnerlichen, auf dass er das Ansehen der Schweiz nicht besudele. Ich nahm ihn sozusagen wie einen eigenen Sohn auf, hegte und pflegte ihn, unterrichtete und unterwies ihn, insbesondere in Schrift- und Fremdsprache, was er beides nicht beherrschte, aber immer wieder war der Lohn für meine liebenswerten Bemühungen ein Schlag ins Gesicht, bis ich die Lügen dieses jungen Mannes, der mir eigentlich sehr ans Herz gewachsen war, nicht mehr ertragen konnte und ihn wegschicken musste.«

The West Australian sprach mit Sir William Stevenson, der erzählte, Louis de Montesanto sei bei ihm als Butler angestellt gewesen, als er das Amt des Gouverneurs von Westaustralien angetreten habe. Zusammen hätten sie in London das Schiff bestiegen und seien bis Perth gefahren. Das Schiff sei kein Schoner gewesen, der Kapitän habe nicht Jens Petersen geheißen und sie hätten bestimmt nicht nach Perlen gefischt. Die See sei zudem ausgesprochen ruhig gewesen. Keine Spur also von zehn Meter hohen Wellen, zerrissenen Segeln und gebrochenen Masten.

Der berühmte Botaniker und Ozeanforscher Stanley Truffaut wurde in der *Ocean Review* zitiert, er habe große Zweifel an der Aussage, dass ein Mensch einen Haifisch mit einem Füllfederhalter töten könne. Und schwarze Perlen so groß wie ein Hühnerei seien »anatomischer Schwachsinn«. Mit Erstaunen habe er über die durchaus einfallsreiche Methode des Maispflanzens gelesen, die Montesanto während seines zweijährigen Aufenthalts als Einsiedler auf einer Sandbank praktiziert habe. Jedoch müsse erst noch bewiesen werden, dass man Sand tatsächlich mit Schildkrötenblut düngen und daraus Mais züchten könne.

Im *Sydney Reader* mahnte der Schriftsteller Colim Irving die Leser daran, dass kein Buch über Australien je solches Aufsehen erregt habe wie jenes von Louis de Montesanto, und zwar ausschließlich deshalb, weil der Mann ein außerordentlich begabter Geschichtenerzähler sei. Er beherrsche meisterhaft die Kunst der unheilvollen Ankündigungen in Form von Vorblenden, was seine Geschichte so unwiderstehlich mache und weshalb man das Buch kaum aus den Händen legen könne. »Bloß weil wir ihm unsere Ansicht von richtig und falsch aufdrücken, verlieren wir gerade einen der größten Erzähler unserer Zeit«, schrieb er.

Ein Mann mit dem Pseudonym Boog bekam in *The Dubliner* einen Leserbrief veröffentlicht: Er habe vor einigen Jahren als Schiffbrüchiger in einem Beiboot auf dem Meer getrieben und wisse deshalb, dass »stetiges Paddeln während dreißig Tagen und Nächten« nicht machbar sei und Montesanto auf diese Weise nicht das Festland habe erreichen können. Schon gar nicht auf einem Floß.

Ein prominenter Psychoanalytiker publizierte im Boston *Examiner* eine schwierige Abhandlung zum Geltungsdrang von Louis de Montesanto. Als Beweis für seine These listete er die zahlreichen Feste auf, die von den Aborigines zu Montesantos Ehren bei dessen Ankunft auf dem Festland gefeiert worden seien, die Kriege, die er als Kannibalenhäuptling gewonnen haben soll, und das Krokodil, das er mithilfe eines Blattes Papier erdrosselt haben will. Auch die Aussage, Montesanto habe innerhalb weniger Tage fremde Sprachen erlernen können, lasse Zweifel am gesunden Gemütszustand dieses Mannes aufkommen. Als Fazit stellte er eine starke Störung der Impulskontrolle fest.

Ein Major der britischen Armee, der seinen Namen nicht nennen wollte, sagte der *London Mail*, auf hölzernen Stelzen einen Blitzangriff gegen einen feindlichen Stamm durchzuführen und dabei einen Pfeil pro Sekunde abzuschießen, scheine ihm ziemlich unmöglich.

The Examiner brachte einen heftigen Leitartikel über die Parallelen zwischen den Hauptfiguren in Montesantos Erzählung und den Mitgliedern der gehobenen Londoner Gesellschaft. Es sei der Gipfel an Frechheit, so die Zeitung, dass der wilde Häuptling mit dem schwingenden Waddi ganz offensichtlich die Beschreibung von Sir Richard Mayne sei. Auch die britische Dramaturgin Emma Campbell, die den Fall erst ins Rollen gebracht habe, sei in Montesantos Erzählung vertreten, in Form der ewig-treuen Ehefrau Yamba.

Der Literaturprofessor Damien Fitzpatrick sagte der *Massachusetts Daily*, er sei »ganz bezaubert« von dieser »Perle der Weltliteratur«. Er listete Beispiele auf: der fliegende Wombat; die Kissen aus dem Garn der Kumbumbi-Spinne; der Palast aus Baumhütten; die Saltos, Spagate und Flickflacks, mit denen Montesanto die Herzen der Wilden immer wieder gewinnt; die Geschichte darüber, wie sie jede Nacht seine Reisen besingen und ihn »Mann von den Sternen« nennen. Einer der Hauptgründe jedoch, warum das Buch so erfolgreich sei, habe mit Montesantos unumwunden zugegebenen Schwächen zu tun. So seien fast alle seine Heldentaten auf Zufälle zurückzuführen und der Held sei sozusagen das Opfer seiner Glückskatastrophen. Eine derart charmante Erzählstrategie sei in der Geschichte der Literatur ein Novum.

Professor David L. Riddle vom Medizinischen Institut der Sydney University gab der *New South Wales Times* zu Protokoll, kein Pfeil der Welt sei schnell genug, um in einen Schädel einzudringen und auf der anderen Seite wieder herauszukommen. Zudem habe er starken Zweifel an der Aussage, man könne den Unterschied zwischen gebratenem Menschenfleisch und gebratenem Kängurufleisch riechen. Und dass Aborigines Schnittwunden mit Spinnennetzen zukleben würden, sei das Bizarrste, was er je gehört habe. Dass Montesanto sich von einer Fiebererkrankung kurierte, indem er einen Büffel schoss, ihn aufschlitzte, in die Eingeweide kroch und nach einem tiefen Schlaf wie neu geboren erwachte, sei eine nette Idee, aber in der Realität kaum umsetzbar. Er sei sich bewusst, dass er sich nun auf fremdes Terrain begebe und ein Ethnologe da wohl eher gefragt sei, aber es scheine ihm doch höchst unwahrscheinlich, dass die Wilden von Louis de Montesanto Statuen aus Gold gegossen haben sollen, da die Intelligenz dieser Menschen für solch kultiviertes Wissen über die Handhabung von Edelmetallen bei Weitem nicht ausreiche.

Ein Fährtensucher aus dem Yukon schickte einen Leserbrief an die *Vancouver Post*, er habe hohe Achtung vor Louis de Montesanto und dessen Abenteuern, aber dass man von den Fußspuren eines Menschen auf dessen Namen und seine Biografie schließen und diese Informationen gar auf Fels und Stein ablesen könne, sei nun doch ein bisschen dick aufgetragen.

The London Socialist druckte eine Spezialausgabe in Form einer Broschüre. Im Editorial wetterte der Chefredakteur, am Beispiel von Louis de Montesanto zeige sich der Klassenunterschied Englands: »Dieser Sturm der weltweiten kapitalistischen Entrüstung wäre nie entstanden, hätte Monsieur de Montesanto tatsächlich einen Adelstitel besessen, und es ist bezeichnend für den Zustand dieses Landes, dass sich ein ausländischer Arbeitersohn weniger erlauben darf als ein Edelmann«, so die Zeitung. Der ehrenhafte Lord Stanhope etwa habe ein Jahr vorher behauptet, in Tibet den Yeti gesichtet zu haben, und allseits sei bekannt, dass man Stanhope nahegelegt habe, das Fabelwesen aus seinem Reisebericht zu streichen.

Besagter Lord habe noch viele weitere Stellen streichen müssen, von denen man ebenfalls angenommen habe, dass sie nicht stimmen konnten, und für die zweite Auflage habe er das Buch von der ersten bis zur letzten Seite neu schreiben müssen. *The London Socialist* führte noch ein halbes Dutzend weitere solche Prominente an und folgerte, Monsieur de Montesanto habe mit der Präzision eines Genies der Gesellschaft den Spiegel vorgehalten und allein dafür habe er eine Ehrenmedaille verdient.

Der *Broome Chronicle* war in höchstem Maße empört über jenes Kapitel des Buches, in dem Montesanto mit einer Gruppe von Aborigines zum ersten Mal auf weiße Goldsucher stößt. Kein Australier, so die Zeitung, würde wehrlose Menschen erschießen, egal welcher Hautfarbe sie angehörten. Montesantos angebliche Zuneigung zu den Ureinwohnern und sein wachsender Ekel gegenüber der Zivilisation, den er mit »brennendem Zorn über die weiße Rasse« beschreibe, seien reine Heuchelei.

Nur ein Narr, schrieb die *Queensland News*, könne glauben, dass Mischlingskinder weiße Füße und weiße Hände hätten, aber ansonsten braun seien. Und dass Montesanto Noah imitiert und während einer Dürreperiode eine Art umgekehrte Arche voll Wasser erschaffen haben soll, grenze an Gotteslästerung.

Der *Adelaide Herald* befragte Passanten auf der Straße nach ihrer Meinung über Louis de Montesanto. Eine Hausfrau sagte, sie sei zu Tränen gerührt gewesen, als sie die Stelle über den tragischen Tod des »ehrenhaften König

Guramarra« und die folgende Verbannung gelesen habe. Mitgefiebert habe sie, als sich Montesanto nach diesem Unglück von Wasserloch zu Wasserloch geschleppt habe. Nun, da sich die ganze Geschichte als erfunden erwiesen habe, fühle sie sich »betrogen und verletzt bis in die Tiefe ihres Herzens«, denn ihre Leichtgläubigkeit sei schamlos ausgenutzt worden.

Der Chefredakteur des *Melbourne Daily* schickte einen Reporter los, um jene zwei Goldsucher zu finden, auf die Montesanto gestoßen sein soll, kurz bevor er in die Zivilisation zurückkam. Da der Korrespondent weder die Namen der Männer kannte, noch wusste, wie sie aussahen, kehrte er einen Monat später in die Redaktion zurück und schrieb eine längere Abhandlung über seine Suche, die damit endete, dass die beiden Männer nicht existieren konnten, wenn sie nicht auffindbar wären, und folglich sei die ganze Geschichte von Anfang bis Ende reine Fiktion.

Die *Sydney Morning Post* landete einen Scoop: Nach umfangreichen Recherchen sei es einem Korrespondenten der Zeitung gelungen, das Haus in Newtown ausfindig zu machen, in dem Louis de Montesanto bis vor Kurzem gewohnt habe. Eine junge Frau hätte die Tür geöffnet, sie aber sogleich wieder zugeschlagen. Nachbarn seien schließlich interviewt worden und sie hätten ihren Unmut darüber nicht verbergen können, dass »dieser kleine Mann« vor zwei Jahren aus Sydney abgereist sei, ohne der Familie auch nur einen Farthing zu hinterlassen.

Im *Morning Bulletin* erschien ein vierseitiges Interview, in dem Sir Ian Melville von der Royal Geographical Society ausführte, er habe Louis de Montesanto von Anfang an für einen Betrüger gehalten. Dieser Mann habe schlicht nicht den Eindruck eines Sprösslings aus noblem Haus gemacht, und bei genauem Hinsehen habe man den Bauernlümmel klar erkannt. Es sei sein Verdienst, dass die Society diesem Hochstapler nicht auf den Leim gekrochen sei.

The Literature Review führte ein Interview mit dem Schriftsteller Herman Johnson, der die Ansicht vertrat, Montesantos Buch enthalte alle wichtigen Bestandteile eines Bestsellers. So wäre die Geschichte in Romanform mit Sicherheit zu einem Klassiker geworden. Es sei traurig und beschämend, dass sich in wenigen Jahren kein Mensch mehr an dieses Meisterwerk der Abenteuerliteratur werde erinnern können.

29

Niemandem im Fotostudio fiel auf, dass er keine Schuhe trug. Alle schauten auf seinen Kopf, der sehr runzlig war, und zudem etwas groß für den kleinen Körper, und aus dem lange weiße Haare in alle Richtungen wuchsen, und am Kinn hing ein Bart wie ein Rutenbesen. Er besaß zwar Schuhe, aber er hatte sie schon lange nicht mehr getragen. Er hob sie für seine letzten Tage auf. Es würde nicht mehr lange dauern. Es war Mitte Mai 1921.

Jack Reed verlangte vom Fotografen einen kleineren Hocker, und der Fotograf sagte, er habe nur diese eine Größe, außer der alte Mann wolle sich auf einen Kinderhocker setzen. »Ich nehme den für die Kinder«, sagte Jack.

Als er auf den Hocker rutschte, zog er den Mantel vor den Bauch, um das aufgescheuerte Innenfutter zu verbergen, und damit man die Hanfschnur nicht sehen konnte, mit der er seine Hose zugebunden hatte. Er legte sich eine Locke auf die linke Schulter, wo sich rotes Wollgarn um die Naht kringelte, denn einen schwarzen Faden hatte er sich nicht leisten können.

Der Fotograf brachte einen Spiegel, und Jack schaute hinein wie ein Wanderer, der die Aussicht genießt. Er verlangte nach einer Bürste und zog sie durch den Bart. Er bat den Fotografen, den Spiegel noch etwas länger zu halten, drehte den Kopf erst nach links, dann nach rechts, und schließlich nickte er und dehnte die Schultern.

Trotz seines Alters konnte er den Rücken noch problemlos durchstrecken. Dies hatte hauptsächlich damit zu tun, dass er seine Nachmittage in den London Fields im Lotossitz verbrachte, mit geschlossenen Augen, und »Om mani padme hum« herunterbetete, die Handrücken auf den Knien, die Kuppen von Daumen und Zeigefinger aneinandergelegt. Als ›Heiliger von Hackney‹ lehrte er jeden, der es hören wollte, den Weg der Enthaltsamkeit, jeweils in der Abenddämmerung, egal ob es regnete, schneite oder die Sonne schien. Er predigte, dass Besitz den Geist und gar das Gleichgewicht der Welt zerstöre, und zwar nicht nur materieller Besitz, sondern der Reichtum von Erfahrungen ebenfalls. Was auch immer wir im Leben anstreben, pflegte er zu sagen, habe allein den Zweck, das Ego zu füttern und schüre damit zwangsläufig Konflikte. Es sei eine Grube, in die früher oder später jemand hineinfalle, und dieser Jemand denke dann darüber nach, sich an dem zu rächen, der die Grube gegraben habe. An diesem Punkt der Predigt streckte er stets den Zeigefinger in die Höhe: »Eine Krawattennadel ist in erster Linie eine Nadel, und wenn man sie falsch ansteckt, verletzt man sich.« Im Prinzip, sagte er, sei das einzig Gute, das ein Mensch auf dieser Welt tun könne, rein gar nichts zu begehren – und von der Geburt bis zum Tod nur so viel anzusammeln, wie in eine kleine Tasche passe.

Auch den Umgang mit seinen Liebsten müsse man asketisch halten. »Man empfängt sie mit offenen Armen und lässt sie gnädig wieder gehen«, sagte er.

Er nannte das den ›Weg des Reed‹, manchmal auch ›Reed-Reise‹, und er gab zu, er sei nur der Verkünder der Botschaft, er habe auf diesem »Weg des Nichts« erst in den letzten Jahren die richtige Abzweigung genommen. Aber noch früh genug, um die »Auslöschung des Ichs« in die Wege zu leiten und im nächsten Leben als Erwachter zurückzukommen. Als Datum seiner Wiedergeburt nannte er den 1. April 2011. Und wenn jemand einwarf, das sei doch der Tag der Narren, dann verschwammen seine Augen, und er hauchte: »Das sind wir alle.«

Seine Zuhörer waren hauptsächlich Verrückte und Bettler.

Anwohner der London Fields munkelten, bei dem Mann im Park handle es sich um einen Adeligen, der als schwarzes Schaf aus der Familie verstoßen worden sei, und wenn ihn Kinder darauf ansprachen, legte er die Handflächen zusammen, senkte den Kopf und sagte: »Namaste«.

Der Fotograf kam mit einer ledernen Kiste, an der ein kleines Stück Metall mit zwei Ösen angebracht war, und darin konnte man die Gravur »Cameo« lesen. Der Fotograf klappte die Längsseite der Kiste heraus, und ein Rosenholzdeckel kam zum Vorschein. Er zog an dem kirschroten Lederbalg und klemmte die Linse fest. Ein deutsches Modell.

»Dieses Krebsgeschwür«, sagte der Fotograf, »die bauten sogar gute Kameras.«

Jack Reed hatte sie gesehen, die Deutschen, von seinem Schlafplatz an den Docks aus, im Herbst 1915, er war von einem seltsamen Surren aufgewacht, das sich über seinem Kopf befand, er zog sich den alten Tüllvorhang vom Gesicht, und als er hoch in die finsteren Wolken schaute, war da der Zeppelin. Er sah aus wie eine schwebende Gurke des Todes. Im nächsten Moment kam der Blitz, und dann bebte die Erde. Es schmeckte metallisch, trocken, kalt, bitter in der Nase und im Gaumen. Leute rannten herum und schrien, und ein Mann lag neben ihm mit aufgerissenen Augen, und seine Beine lagen vorne auf der Straße.

Nun schlief er etwas weiter von den Docks entfernt, denn er hatte von den Deutschen geträumt, Soldaten in Kampfstiefeln und Saris, und er befürchtete, sie würden eines Tages zurückkommen.

Etwa zur selben Zeit wurde jeder verpflichtet, einen Pass bei sich zu tragen. Nicht nur bei einer Reise ans Ende der Welt, sondern auch bei einem Spaziergang vom East End zum West End. Die Polizei kontrollierte wahllos Menschen auf der Straße. Zu seinen Leuten in den London Fields sagte Jack: »Jetzt ist die Unschuld dahin«, und sie alle gingen zu einem Mann, der sich Lenny the Spoof nannte, und legten ihm Knöpfe und Münzen auf den Tisch, und Lenny schrieb in ihre Pässe, was sie wollten.

»Was? Wie? Ich?«, sagte Jack jetzt.

»Ich sagte: Lächeln Sie diesmal bitte.« Der Fotograf trat hinter Jack und zog einen schwarzen Vorhang.

Jack lächelte.

So entstand das zweite Foto. Und somit das letzte, das von ihm gemacht wurde.

Er ließ Münzen in die Hand des Fotografen regnen, lauter kleine Münzen, und zwei Tage später schaute er sich die Bilder an. Sein Gesicht schien aus einer diffusen Wolke von Grautönen herauszutreten, wie im Traum ein Gesicht aus dem Nebel. Sein schwarzer Mantel war kaum noch zu erkennen, er floss über seine Schultern wie Pech.

Der Mann auf dem Foto sah aus wie ein Geist.

Mit seinen restlichen Münzen kaufte er sich bei der Post Briefmarken. Auf die Rückseite des einen Fotos schrieb er »Heiri Roth, Schöndorn, Schweiz« und auf das andere »Henry de Montesanto, Sydney, Australien«. Er schrieb keinen Gruß und unterschrieb mit keinem Namen. Als er die Fotos in den Briefkasten stecken wollte, zog sich seine Hand zurück, als würde sie ihm nicht gehören. Er schaute die Hand an, und dann beobachtete er, wie sie sich senkte und in der Manteltasche verschwand. Als sie wieder hervorkam, waren die Fotos verschwunden.

So begann sein Ende.

Er spürte einen Schlag an der linken Schläfe, er schaute sich um, ob ihm jemand einen Stein nachgeworfen hatte, konnte aber niemanden sehen, und als ein Passant vorbeikam, fragte er: »Was ist mit meinem Kopf passiert?«, und der Passant rannte davon.

Während er in Richtung Piccadilly ging, vermisste er den Geruch der Pferde in den Straßen, und ihn überkam das Bedürfnis, dies den Leuten zu sagen, aber sie gingen ihm aus dem Weg.

Sein rechtes Bein zog er etwas nach, und es schien sich seltsam anzufühlen.

Er hatte Mühe, den Strauch zu finden, unter dem er seit Jahren seine Streichholzschachteln versteckte. Er kroch unter jeden Busch in der Nähe des Piccadilly Circus und grub in der Erde, aber erst am nächsten Morgen fand er die Schachteln. Als er sie aus der Tüte nahm, hatte er keinerlei Erinnerung an sie und wusste nicht, ob es seine waren oder die eines Anderen.

Er setzte sich unter die Statue des Eros am Fuß des

Shaftesbury-Brunnens, legte die Streichhölzer vor sich hin und wartete auf Kundschaft. Zeitungsjungen mit Bündeln von Papier unter den Armen gingen vorbei und brüllten: »Extrablatt! Deutsche stürmen Annaberg! Extrablatt!« Neben ihm saß Flora die Blumenverkäuferin, auf deren Oberlippe ein grauer Flaum schimmerte und die sich den Scheitel über der glänzenden Stirn flach strich.

Am Nachmittag hatte er genug Streichhölzer verkauft, um sich eine Tasse Tee zu leisten. Rajinder Singh vom Kiosk reichte ihm die Tasse über den Tresen und fragte: »Jack, wo ist denn Ihr Hemd geblieben?«

Er öffnete die Knöpfe seines Mantels, und alles, was er sehen konnte, war die kleine silberne Ganesha-Statue in einem Bett aus weißem Haar, wie ein Ei in einem Nest; darunter erstreckte sich graue Haut bis zu seinen Füßen. Er wollte Rajinder die Sache erklären, aber es kamen keine Wörter, seine Unterlippe fühlte sich schlaff an, und wollte er die Unterlippe mit den Fingern berühren, so wussten die Finger nicht mehr, wo der Kopf ist.

Als er Rajinder die Tasse zurückgab, sah er, dass sie zerbrochen war, und er fühlte Scherben im Mund.

Es gab Momente der Klarheit, wenn er sich aufmachte, um ein Paar Hosen zu beschaffen. Sprach er Leute an, die ihm bekannt vorkamen, fragte er: »Dürfte ich bitte Ihre Hose ausleihen?«

Und dann waren da die Momente der Finsternis.

Jemand klopfte ihm auf die Schulter und sagte: »Wenn das nicht der größte Lügner der Welt ist«, und er drehte sich um und wollte dieser Person ins Gesicht schlagen, aber seine Faust schlug ins Nichts. Er wirbelte herum und fiel zu Boden.

Einmal sah er auf dem Gehsteig eine schöne Meeresschildkröte, und er pirschte sich an sie heran, hielt sie fest und zog sorgfältig ihren Kopf zurück, sodass sich die Halsader wölbte. Er rief: »Ein Messer! Bitte, jemand, ein Messer!«, aber dann kam die Polizei, und er rannte davon, und irgendwo weinte ein Kind.

Er konnte seinen Tüllvorhang nicht mehr finden.

Der Vorhang lag irgendwo in der Stadt. Er fragte die Leute danach, aber sie wollten ihm nicht helfen.

Seine Schuhe fand er auch nicht mehr.

Und dann kam Guramarra zurück, der alte Jäger. Jack erschrak. »Es tut mir leid«, sagte er, und dann sagte er: »Es tut mir so schrecklich leid.« Guramarra trug eine Hose mit ausgefransten Beinen; durch die Schlaufe des Gurts hatte er den Kopf eines toten Warans gezogen. In der Hand hielt er einen Speer, und als Jack den Speer sah, öffnete er seinen Mantel, zeigte auf sein Herz und sagte: »Hier, Guramarra, hier.«

Aber Guramarra drehte sich weg und begann zu laufen. »Es war ein Unfall!«, flehte Jack, und er versuchte, Guramarra einzuholen, aber auf eine sonderbare Weise gelang das nicht, und er blieb immer drei oder vier Meter hinter ihm. So liefen sie durch London.

Sie tranken Wasser aus den Brunnen. Einmal kamen sie an einem Straßencafé vorbei, es war ein warmer Nachmittag Anfang Juni, und Jack blieb plötzlich stehen. Unter einem gestreiften Schirm saß ein junger Herr und ihm gegenüber eine Dame in rosafarbener Tunika mit Kimono-Ärmeln, aus denen braune Arme guckten. Es hatte den Anschein, als sei sie gerade von einem Filmset gekommen. Jack sank mit einem Seufzer zu Boden: »Mein Mädchen!«

Die Frau erhob sich aus dem Korbstuhl und wich erschrocken zurück, während Jack zu ihr hinkroch, mit den Händen ihre Fersen umschloss und seine Stirn auf den Rist ihrer Füße legte. Seine Tränen verschwanden zwischen ihren Zehen und sogen sich in den Kork ihrer Sandalen. Er hob den Kopf und wollte etwas sagen, aber er bekam keine Luft und japste und wimmerte, und Rotz floss aus seiner Nase. Die Frau trat mit einem Schrei gegen seine Schläfe und rannte panisch durch ein Wirrwarr von Tischen und Stühlen davon. Jack wankte hinter ihr her: »Verlass mich nicht!« Er stolperte über eine Hundeleine und brach in würgendes Schluchzen aus; und dann wickelte er sich in Embryostellung um ein gusseisernes Tischbein und verschloss die Ohren mit den Händen.

Zwei Kellner griffen unter seine Arme und schoben ihn auf die Straße. In seinen Augäpfeln sammelte sich Blut, und sein Bart war schwarz vor Straßendreck. Er humpelte Guramarra hinterher, der ihn die Shaftesbury Avenue hinunterlotste, in die Great Ormond Street, wo vor dem London Homeopathic Hospital Männer in weißen Kitteln standen, Jack hochhoben und auf einer Trage festzurrten. Jack zappelte und spuckte, er schrie: »Warum hilfst du mir, Guramarra, warum?«

Die Männer trugen Jack eine Treppe hinauf und legten ihn in ein Bett. Er spürte eine Nadelspitze unter der Haut und sank in Dunkelheit. Als er aufwachte, fragte er nach Guramarra. Eine Frau mit weißer Haube schüttelte den Kopf und warf eine blutige Mullwindel in einen Eimer.

Etwas später wurde er wieder auf dem Piccadilly Circus gesichtet, als er seine Streichhölzer suchte. Er hatte nun die Augen eines aufgeschreckten Vogels und murmelte, er fürchte sich vor Schlangen unter den Büschen. Flora ging ihm eine Tasse Tee besorgen, und Rajinder weigerte sich, dafür Geld anzunehmen.

Jack saß auf dem Gehsteig und starrte in seine Tasse, die Füße in einer Pfütze Regenwasser.

Er hatte Mühe, wieder aufzustehen. In den Armen war noch Kraft, und er konnte sich aufstützen, aber wenn er seine Beine durchstrecken wollte, passierte nichts. Er versuchte, sich an einem Poller hochzuziehen, aber dann verließen ihn auch seine Arme, und er sank zu Boden. Er streckte den Rücken durch, griff nach seinen Füßen, legte den rechten Fuß auf den linken Oberschenkel und den linken Fuß auf den rechten Oberschenkel. Die volle Tasse Tee neben sich, formte er mit Daumen und Zeigefinger einen Kreis und schob die Handrücken auf die Knie.

Über ihm funkelte ein kurioses Prisma aus Licht, das auch im Nebel flackerte, Streulicht von den roten, gelben und blauen Punkten der Reklametafeln, wie eine gigantische Leuchtwand. Da waren große und kleine Punkte, da waren Buchstaben und Wörter, sie begannen, sich zu drehen, und er versuchte, ihnen mit dem Blick zu folgen, aber sie verwischten zu schlierigen Kreisen. Mal wuchsen die Ringe, mal verengten sie sich. Weit entfernt hörte er Münzen klimpern, die um seine Beine kullerten, aber er schaute hoch, in diesen pulsierenden Schleier, der sich hob und senkte und immer breiter wurde und schließlich auf ihn niedersank und ihn umschlang und in ihn eindrang.

Irgendwo war Schmerz, aber es war nicht mehr seiner.

30

Der Friedhof lag an einer schmalen Straße, auf der eine getigerte Katze saß und sich die Pfoten leckte. An diesem 2. Juli 1961 schien in London die Sonne, und Markisen flatterten im Wind. Auf dem Bordstein glitzerte ein Netz aus Regenwasser. Es war achtzehn nach elf Uhr am Vormittag.

Schwarze Poller trennten den Vorplatz des Friedhofs Kensal Green von der Straße ab. Hinter konischen Säulen wölbte sich ein Torbogen, und darunter klemmte ein Eisengitter, das offen stand. Am Gitter lehnte ein Mann in Nylonhosen. Seine Füße schienen in einem Beet von Blumen verwurzelt. Er hatte ein löchriges Grinsen.

Old Lady Long kaufte einen Strauß weißer Lilien, eingewickelt in cremeweiße Papierfolie.

Hinter dem Gitter lauschte sie dem Wind in den Baumkronen, und sie konnte den Gedanken an das Geflüster der Toten nicht verdrängen. Sie drehte sich nach links, wo ein geteerter Weg einen Kreis beschrieb, senkte den Kopf und betrachtete ihre Füße, die sich vom grauen Untergrund abhoben.

Etwas früher an diesem Tag war sie in Zürich ins Flugzeug gestiegen, in London hatte sie sich am Geländer des Rollstegs festgehalten und war die Treppenstufen wieder hinuntergeklettert. Als sie bei der Passkontrolle ankam, wollte ein junger Mann wissen, woher sie gerade komme und was sie in England zu tun gedenke. Er legte ihren Pass unter eine Lampe, drehte ihn hin und her und rief schließlich einen Mann herbei, der ein Schinkensandwich in der Hand hielt, und dieser Mann schaute lange unter die Lampe, kaute und nickte dann. Der junge Mann sagte, mit ihrem australischen Pass dürfe sie sechs Monate in England bleiben, und Old Lady Long sagte, sie brauche nur einen Tag. Sie fuhr im Zug nach King's Cross und mit der U-Bahn bis Temple und bestellte sich in der Nähe des Savoy Hotels in einem Pub ein Full English Breakfast. Sie spießte ein Stück Toast auf ihre Gabel und verstrich das Eigelb auf dem Teller. Als sie aus dem Fenster schaute, sah sie einen Mann, der einen Einkaufswagen aus geflochtenem Rattan hinter sich herzog, und sie musste schmunzeln, als sie auf seinem Kopf einen Fächer aus Taubenfedern sah, denn diese Erscheinung kam ihr sehr vertraut vor.

Nun, auf dem Friedhof, bog sie mit ihren Lilien auf einen langen geraden Weg ein und ging an Bäumen vorbei, unter denen Mausoleen bröckelten. Vögel zwitscherten von Engeln herab, deren Gesichter zerfielen. Von einer Anhöhe aus sah sie zum Grand-Union-Kanal hinunter, über schiefe Grabsteine hinweg, die an faule Zähne erinnerten. Sie las Namen und Daten und hatte das Gefühl, als würde ihr Herz einige Zentimeter tiefer sinken.

Der Friedhofsverwalter war ein buckliger Mann, auf dessen Nasenspitze eine Brille aus türkisfarbenem Plastik klemmte. Sie hatte Glück, dass er da war, denn es war ein Sonntag.

»Ich suche meinen Vater«, sagte sie.

Der Mann drehte sich um und griff in ein Büchergestell an der Wand. Er zog am Rücken eines ledergefassten Buches, das über den Rand der Ablage kippte und in seine Hände fiel. Er leckte die Fingerkuppen an und blätterte zum Index, wo sein Daumennagel die Spalten hoch und runter glitt und bei einem Namen stehen blieb.

Old Lady Long beugte sich vor.

»Das ist er«, sagte sie.

Der Mann senkte den Kopf und schob seine Brille den Nasenrücken hoch. Sein Finger schwebte zum Ende des Namens, wo ein zweiter Name stand, auf den er tippte.

»Bei uns ist er als Jack Reed vermerkt«, sagte er, »Sektor elf, Abteilung fünf.«

Old Lady Long ging vorbei an einem kopflosen Engel, an einem steinernen Anker und an einem Grabstein in der Form eines ausgetrockneten Wurzelstocks bis in den hinteren Teil des Friedhofs, der eine Meile vom Eingang entfernt lag, wo kein Gras und keine Blumen mehr wuchsen und ein kühler Luftzug ihre Wangen streifte. Der Ort erinnerte an einen leeren Parkplatz. Sie blieb vor einem hölzernen Kreuz stehen und legte die Blumen vor das Kreuz.

Im nächsten Moment dachte sie daran, wie sie sich mit ihrem Vater hinter Baumstämmen versteckt hatte. Er hatte sich einen Finger auf die Lippen gelegt und auf ein Känguru in der Ferne gezeigt. Das Känguru fraß von einem Busch, den ihr Vater Pitschuri-Busch nannte, und die Blätter dieses Busches hatten angeblich die magische Eigenschaft, Tiere zu zähmen. Sie warteten, und als ihr Vater das Zeichen gab, konnte er dem Känguru Befehle erteilen. Er lächelte zufrieden, wenn er dank kryptischen Fingerbewegungen das Tier dazu gebracht hatte, den Kopf zu heben, oder wenn es auf einen Wink hin mit den Ohren wackelte. Und sie war sich sicher, dass die Pitschuri-Blätter wirkten, wenn er hinter dem Baum hervorhüpfte, mit den Armen ruderte, »verschwinde!« rief und das Tier aufgeschreckt davonhüpfte.

Dann erinnerte sie sich an einen Tag, an dem er auf einen Stein geklettert war und feierlich vor einem imaginären Publikum verkündet hatte, er sei ein großer Zauberer. Sie spielten Zauberer. Er rief nach den Ahnen, und sie durfte den Ahnen Anweisungen geben. Sie ließ die Ahnen auf Pelikanen reiten und Fische heranbringen. Sie schickte die Ahnen auf dem Rücken von Schildkröten ans Ende der Welt. »Hervorragend! Phantastisch!«, rief er, wenn sie erzählte, ein mächtiger Geist mit Haaren wie Stachelkopfgras sei eben zu ihr gekommen und wolle dem großen Zauberer ewige Treue schwören.

Und sie erinnerte sich daran, wie er früh am Morgen Kohlestücke aus dem Lagerfeuer gesammelt und sie den ganzen Tag mit sich herumgetragen hatte. Bis sie zu einem großen Stein mit flacher Seitenwand kamen, dort malte er eine Gestalt, die riesige Brüste hatte, einen schweren Hängebauch und eine Krone aus den bunten Federn des Leierschwanzes. Er trat einige Schritte zurück, legte sich die rechte Hand auf die Brust und sang »God save the Queen«.

Als Old Lady Long das Kreuz berührte, packte sie ein Widerwillen. Sie zog ihre Hand zurück und rieb sie, als würde sie sich waschen. Sie nahm ihren Schreibblock aus der Tasche, aber als sie den Bleistift zwischen Daumen und Zeigefinger klemmte, zerfielen ihre Listen vor ihren Augen wie Asche. Sie hob die Blumen wieder auf.

Der Duft von Rosen wehte herbei, Old Lady Longs Füße federten leicht, sie schaute zu den Wolken hoch und ließ den Kopf im Nacken kreisen. Spatzen nisteten in steinernen Händen. Schafgarben zeichneten weiße Punkte ins Gras.

Das war es also, dachte sie.

Sie ging zwischen Gräbern hindurch, und dann fiel ihr ein kleiner glänzender Stein auf, der zwischen anderen kleinen Steinen klemmte, gesprenkelt von Blumen, wie ein bedrucktes Sommerkleid.

Ihr war nun, als würde ihr etwas fehlen. Als würde sie etwas vermissen.

Sie las den Familiennamen, der in trauriger Repetition in eiserne Plaketten graviert war, umgeben von frischen Kränzen Aronstab. Daneben stand eine Bank aus schwarzem Marmor, deren Sitzfläche blank poliert war. Old Lady Long hatte nicht den Mut, sich hinzusetzen. Sie kam sich vor, als stünde sie in einem fremden Wohnzimmer. Sie legte die Hand auf die Lehne der Bank. Sie glaubte, aus dem Gras das Krabbeln eines Käfers zu vernehmen. Sie stand da, bis ihre Beine am Stein lehnten und sie sich abstützte und bemerkte, dass die Bank etwas lose war.

Sie ging zurück zum Grab ihres Vaters und legte nochmals die Blumen nieder. Sie machte zwei Schritte zurück und horchte in sich hinein. Nichts passierte. Sie machte drei Schritte zurück. Sie fühlte sich ganz gut. Sie drehte sich um und machte vier Schritte. Und dann nochmals vier. Kieselsteine knirschten unter ihren Füßen, und sie hörte, wie die Lederriemen ihrer Handtasche an den Metallringen scheuerten.

Sie schaute hoch in die Wolken und empfand plötzlich eine heitere Leichtigkeit. Als sie zu Boden blickte, da war ihr, als sähe sie durch ihre Füße auf den Kiesweg darunter. Sie eilte auf das hölzerne Kreuz zu. Sie faltete die Hände vor dem Bauch, und ihre Lippen bebten leicht, als würde sie flüstern.

Sie schrieb in ihren Notizblock:

– Liebe!

Über ihr zwitscherte eine Amsel. Ein sanfter Wind strich ihr übers Haar.

Schließlich wickelte sie die Blumen aus der Folie und steckte die Stiele in die Erde.

31

Über die Jahrzehnte hatte die Familie Roth stets die Meinung vertreten, Louis de Montesanto habe einen wertvollen Beitrag zum Verständnis einer Zeitepoche geliefert. Am 5. November 1964 wurde diese Überzeugung revidiert, als seine Nachfahren eine symbolische Prozession veranstalteten und zum Klang von Alphörnern mit einem Bollerwagen in Richtung Gondelbahn marschierten. Im Wagen lagen die Bücher, der Mantel, die Schuhe, der Taucherhelm, die Ganesha-Statue und die beiden Porträts. In einem feierlichen Akt entleerten sie die Habseligkeiten in die Gondel, und unten im Tal wartete ein Lieferwagen des örtlichen Gebrauchtwarenhändlers. Sämtliche Besitzstücke wurden verbrannt, da sie wertlos waren, einzig der Taucherhelm fand einen Abnehmer: ein bekannter Nautiker und Hobbytaucher aus Zürich. Das Geburtshaus des Louis de Montesanto wich im selben Jahr einem Block von Ferienwohnungen.

An der Stanmore Road in Newtown fuhr am 23. März 1969 die Feuerwehr vor und brach die Tür von Henry de Montesantos Haus auf. Anwohner hatten sich schon länger über einen unangenehmen Geruch beklagt, der vom Haus ausgeströmt sei. Henry saß vornübergebeugt an seinem Esstisch, in Frotteemantel und Pyjama, eine kalte Tasse Kaffee neben sich, das Foto seines Vaters in den Händen. Da keine Nachkommen auffindbar waren, wurde das Haus der Stadt Sydney vermacht. Jeden Frühling stieg das Efeu die Fassade etwas höher, bis sich das Haus restlos in einen grünen Klotz verwandelte.

Der Farmer außerhalb Wilunas erklärte kurz vor seinem Tod, er wolle seine langjährige Haushaltshilfe heiraten, damit sie ein Erbe und eine Witwenrente bekäme. Old Lady Long lebte noch zwanzig Jahre in einem hübschen kleinen Haus an der Caledonia Street in Wiluna. Rundherum hausten Großfamilien, und in Lady Longs Garten lagen umgekippte Treträder aus Plastik und Wasserpistolen in Form von Delfinen. Man nannte sie nun Lovely Lady Long, denn sie hatte immer ein Lächeln auf dem Gesicht. Wenn die Kinder an ihr Küchenfenster klopften, erschien eine knorrige braune Hand, die ein silbernes Boyton-Tablett voller Schokoladenkekse nach draußen streckte. Niemand sah sie jemals wieder eine Liste führen.

Ein Schweizer Journalist reiste am 1. April 2011 nach London, einem »unbestimmten Gefühl« folgend. Es war ein feuchtkalter Tag, und hinter dem Eingang zum Friedhof Kensal Green saß eine bucklige Alte auf einem Grabstein und las mit schriller Stimme aus Macbeth vor, sie krächzte: »When shall we three meet again? In thunder, lightning, or in rain?« Der Journalist lief den ganzen Tag über den Friedhof, und am Abend klopfte er an die Tür des Verwalters. Im Empfangsraum stand eine goldene Portierklingel mit polierter Glocke, in der Ecke ließ ein Standventilator seinen Kopf hängen, und die Wände waren schlammgrün gestrichen. Der Verwalter machte sich

Notizen auf einen Post-it-Zettel und verschwand hinter einer Pressholztür. Weder ein Jack Reed noch ein Louis de Montesanto oder ein Hans Roth sei in ihrem Computersystem vermerkt, sagte er schließlich. Allenfalls sei bei der Digitalisierung der Kartei vor einigen Jahren ein Fehler unterlaufen. Ferner sei der Friedhof neuerdings nicht mehr in Sektoren unterteilt, sondern unterliege einem Zentralsystem. Man bitte um Entschuldigung.

Dank

Mein Dank gebührt Matthias Dieterle, der eine frühe Version des Manuskripts las und mich dazu ermunterte, weiterzumachen. Für einen wichtigen Teil der Recherche war Katrina Shaw ein Engel. Finn Canonica ermöglichte mir während vier langen Jahren meine Unabhängigkeit. Mein größter Dank gilt Angelika Overath, die von diesem Roman zu einer Zeit erfuhr, als noch kein Satz geschrieben war, und die mir bis zum letzten Wort zur Seite stand. Vielen Dank, Angelika, für den Schwan!